내가 얼마나 많은
영혼을 가졌는지

—페르난두 페소아 시가집

Cancioneiro

Fernando Pessoa

대산세계문학총서 150

내가 얼마나 많은 영혼을 가졌는지

—페르난두 페소아 시가집

Cancioneiro

페르난두 페소아 지음 — 김한민 옮김

문학과지성사

대산세계문학총서 150_시

내가 얼마나 많은 영혼을 가졌는지
—페르난두 페소아 시가집

지은이 페르난두 페소아
옮긴이 김한민
펴낸이 이광호
편집 김은주
펴낸곳 ㈜문학과지성사
등록번호 제1993-000098호
주소 04034 서울 마포구 잔다리로7길 18(서교동 377-20)
전화 02) 338-7224
팩스 02) 323-4180(편집) 02) 338-7221(영업)
전자우편 moonji@moonji.com
홈페이지 www.moonji.com

제1판 제1쇄 2018년 10월 10일
제1판 제3쇄 2023년 5월 29일

ISBN 978-89-320-3469-0 04870
ISBN 978-89-320-1246-9 (세트)

이 도서의 국립중앙도서관 출판예정도서목록(CIP)은 서지정보유통지원시스템 홈페이지(http://seoji.nl.go.kr)와
국가자료공동목록시스템(http://www.nl.go.kr/kolisnet)에서 이용하실 수 있습니다.
(CIP제어번호: CIP2018028998)

이 책은 대산문화재단의 외국문학 번역지원사업을 통해 발간되었습니다.
대산문화재단은 大山 愼鏞虎 선생의 뜻에 따라 교보생명의 출연으로 창립되어
우리 문학의 창달과 세계화를 위해 다양한 공익문화사업을 펼치고 있습니다.

차례

일러두기

1. 이 시집은 Cancioneiro: *Uma Antologia de Fernando Pessoa*, Edição de Richard Zenith e Fernando Cabral Martins(Lisboa: Assirio & Alvim, 2016); *Poesia do Eu: Obra Essencial de Fernando Pessoa #2*, Edição Richard Zenith(Lisboa: Assirio & Alvim, 2008); *Melhores Poemas de Fernando Pessoa*, Edição de Teresa Rita Lopes(Sao Paulo: Global, 2014) 등을 참고하여 페소아가 본명으로 쓴 포르투갈어 시들 중 대표작으로 81편을 추려 옮긴 것이다.
2. 본문의 주(註)는 옮긴이가 작성한 것이다.
3. 원문에서 대문자로 표기된 부분은 고딕체로 옮겼다.
4. 제목이 없는 시는 원본에 따라 시의 첫 구절을 따옴표로 묶어 제목으로 표기했다.

1부

키츠에게

(그의 소네트 「내가 사라질지도 모른다는 생각에 두려워질 때」를 읽고)

시의 조각가, 너는 말했지,

"아, 내 영혼이 느끼는 모든 것을, 그래 모든 걸

뜨거운 시구로 옮기지 못하고 죽어버린다면!"

그리고 너는 죽었지, 얼마 지나지도 않아서! 갑작스러운 공포!

나도 그렇게 된다면!

당혹스럽고 깊은 내 느낌들을

나조차 세상에 말할 수 없게 된다면!

나의 영감과 고통을

내 안에 차갑게 가둬둔 채 죽는다면,

시의 조각가, 너처럼!

1908. 11. 17.

지루함

나는 살지 않는다, 잘 자라지도 않고, 그저 유지할 뿐,
존재하기에 감각들은 텅 비워진 채,
불행하게도 슬픔조차 없지,
그리고 나의 문제*는 존재하는 것 (먼 그리스도)
이 고통스럽고 고요한 시간에
이것을 완벽히 의식하면서.

1910. 5. 12.

---

* '악(惡)'이라고 해석할 수도 있다.

"내 마을의 종소리"

내 마을의 종소리,
평온한 오후에 애처로이,
네가 내는 종소리마다
내 영혼 안에 울린다.

네 소리는 어찌나 느린지,
인생의 슬픔처럼,
처음 칠 때부터 이미
반복되는 소리를 내지.

네가 아무리 내 가까이서 울려도,
내가 항상 방황하며 지나칠 때마다
너는 내게 하나의 꿈처럼,
먼 영혼에서 들린다.

네가 울리는 소리마다,
열린 하늘에서 떨리고,
과거는 더 멀리 물러나고,

그리움은 더 가까이 다가온다.

1911. 4. 8.

애서가(愛書家)

오 야망이여…! 나는 얼마나

가련한 애서가가 되고 싶었던가

펼쳐진 영원의 고서 앞에 멈춰 서서

그것 말고는 살아 있다는 자각이 없는.

봄이야 녹음으로 물들든 말든

나는 늘 책 위로 잔뜩 구부린 채

중세의 어느 아가씨에 관한

오래된 과거*에 미소 짓겠지.

삶은 잃지도 얻지도 않겠지

나로선 아무것도, 나의 몸짓은 아무것도

그 깊은 **사랑**에 몸짓 하나도 더하지 못하겠지.

나는 읽곤 했지, 등불에 이마를 맞대고,

아름다움과 무관하게

---

* 'passado(과거)'인지 'pecado(죄)'인지 판독 전문가들도 확실한 결론을 못 내리고 있다.
번역상 문맥이 좀더 자연스러운 '과거'를 골랐다.

세상에도 무심한 채.

1911. 12. 29.

분석

너무도 추상적이구나, 너라는 존재

너를 볼 때 다가오는, 그 관념은

내 눈이 너의 눈 속에 머물 때 시야에서 사라지고,

내 시선엔 아무것도 남지 않고, 네 몸은

내 시야에서 너무나 멀어진다,

그리고 네 존재의 관념은 너를 본다는 내 생각에,

그리고 너라는 걸 아는 나의 앎에 스치도록 가까워,

그저 너만을 의식하느라,

스스로는 느끼지도 않네.

그리고 그렇게, 너를 보느라 나를 무시하면서, 나는 감각의

환상에 거짓말을 하고 꿈을 꾼다,

너를 보지 않고, 보기는커녕 널 보는지도

내가 나인지도 모르며,

내면의 황혼에 미소 지으며

존재한다고 느끼는 꿈을 꾼다고 느끼는 서글픔에.

1911. 12. ?

퇴위(退位)

나를 취하라, 영원한 밤이여, 너의 품에
그리고 나를 네 아들이라 불러라.
　　　　나는 왕이다
내 꿈과 피로의 왕좌를
자발적으로 포기한.

쇠약한 팔에 무거운 나의 검은,
강건하고 침착한 손에 넘겨주었고,
나의 왕홀(王笏)과 왕관— 그것들은
대기실에 버려두었다, 조각난 채로.

그토록 쓸모없는 나의 그물 갑옷,
그렇게 부질없이 잘랑거리던 나의 박차들,
그것들도 싸늘한 계단에 버려두고 왔다.

나는 왕위와 육신 그리고 영혼을 벗고,
오래되고 평온한 밤으로 돌아갔다
마치 하루가 저무는 풍경처럼.

1913. 1. ?

부조리한 시간

너의 침묵은 모든 돛이 활짝 부푼 한 척의 배…
부드러운 산들바람들이 삼각 깃발 안에서 논다, 너의 미소…
그리고 너의 침묵 속 미소는 계단들이자 죽마(竹馬)들이다
나의 키를 키워, 어느 낙원이든 가까운 척하는데 쓰는…

내 심장은 떨어져 산산조각 나는 암포라…*
너의 침묵은 그 부서진 것을 다시 모아 간직한다, 어느 구석에…
너에 대한 나의 생각은 바다가 해변으로 가져오는 한 구의 시체…,
반면
너는 비현실적인 화폭, 내 예술이 색에서 길을 잃는…

모든 문을 열어라 바람이 생각을 휩쓸어버리도록
거실들의 안일함에 향기를 더할 연기가 들도록…
나의 영혼은 만조(滿潮)로 차오르는 동굴,
그리고 당신을 꿈꾸는 내 생각은 광대들의 마차…

----

* amphora: 고대 그리스·로마 시대의 항아리 종류.

흐린 금빛 비가 내린다, 저 바깥에서가 아니라… 내 안에서… 내가
곧 시간이다,
　시간은 놀라움으로 만들어진 것 그리고 모두가 그 잔해들이다…
　내 관심 속엔 절대 울지 않는 가련한 과부가 있고…
　내 내면의 하늘엔 별 하나 뜬 적이 없다…

　오늘 하늘은 항구에 다다르지 못하는 생각처럼 무겁구나…
　가랑비는 텅 비어 있다… 시간은 존재했음을 안다…
　배들을 위한 침상 같은 것도 없다니…!
　스스로로부터 멀어지는 데 여념 없는, 네 시선은 무의미한 저주…

　나의 모든 시간들은 흑벽옥(黑碧玉)으로 만들어졌고,
　나의 갈망들은 모두 존재하지 않는 대리석에 새겨졌다,
　이것은 기쁨도 아니고, 기쁨을 주는 그런 고통도 아니고,
　나의 거꾸로 된 선량함은, 선하지도 악하지도 않다…

릭토르*들의 권표(權表)**들이 길을 연다…
중세의 승리의 삼각 깃발***들은 성전(聖戰)****에 이르지도 못한다…
그들은 방벽 바위들 사이에 쓸 만한 고서들을 놓는다…
그리고 기찻길에선 잡초가 독기를 품고 자라난다…

아, 이 시간은 얼마나 늦었는가!… 배들은 모두 출항했다!
해변에는 오직 죽은 곳 하나뿐, 돛 조각 몇몇이서 말을 한다
남쪽의 시간들, 아득한 곳으로부터, 우리의 꿈들이
평온해질 때까지 꿈을 더 꾸는 괴로움을 더는 그곳에서…

궁전은 폐허 속에 있다… 버려진 분수 없는 샘
공원에서 그걸 보는 것이 아프다… 아무도 그 길에 시선을 주지 않고
저 장소―가을 앞에서 스스로에 대한 향수를 느끼지 않는다…

---

* lictor: 고대 로마 시대 죄인의 처벌을 맡았던 관리들로, 권표를 들고 다녔다.
** 속간(束桿), 또는 라틴어로 '파스케스fasces'로 나무 막대기 묶음에 도끼날이 결합된
   것을 가리킨다. 이는 고대 로마에서 권위의 상징이었다. 나무 막대기는 처벌을, 도끼
   는 처형을 의미했다.
*** 예배에서 쓰는 종교적인 깃발.
**** 십자군 전쟁.

이 풍경은 가장 아름다운 문장이 잘려나간 필사본…

정신 나간 여인이 모든 번드르르한 촛대들을 깨뜨리고,
수많은 찢긴 편지들로, 인간의 손길로 호수를 더럽혔다…
그리고 나의 영혼은, 촛대에 더 이상 없을 그런 불빛,
그리고 내 갈망들은 불길한 쪽에서 무얼 기대하는가, 뜻밖의 미풍
들…?

왜 난 나를 괴롭히고, 앓는가…? 벌거벗은 채 달빛 아래 누운
모든 요정들… 태양은 왔다가, 벌써 떠나버렸네…
나를 감싸는 너의 침묵은 난파(難破)에 대한 상념,
너의 목소리에 대한 생각은 가짜 아폴로의 칠현금(七絃琴) 소리…

옛 정원들에는 더 이상 공작새 꼬리의 모든 눈이 없다…
그림자라는 것들이 더 슬프다… 아직까지도
바닥에는 시녀*(인 듯한 이)들의 옷의 흔적이 남았고, 아직도 운다

---

* 여왕의 시중을 들던 귀부인들. 오늘날의 하녀를 뜻하기도 한다.

여기서 끝나는 가로수 길로 난 발소리의 메아리처럼…

모든 일몰들이 내 영혼 속으로 녹아들었다…
목초지의 풀들이 내 차가운 발 아래 신선했다…
네가 평온하다고 여겼을 생각이 네 시선 속에서 메말랐고,
내가 이것을 네게서 본다는 것은 배 없는 항구…

모든 노(櫓)들이 동시에 높이 들렸다… 논밭의 황금빛 사이로
바다가 되지 못하리라는 그리움이 스쳐 지나갔다…
내 고립의 왕좌 앞에 희귀한 돌들로 된 몸짓들이 있다…
내 영혼은 불이 꺼지고도 온기가 남아 있는 램프…

아, 그리고 너의 침묵은 태양에 비친 정점의 실루엣!
모든 공주들은 가슴에 억압을 느끼리라…
성의 마지막 창문에선 그저 해바라기 한 송이가 보이고
우리의 감각에 안개를 끼게 하는 다른 이들이 있는 꿈…

존재하기, 그리고 더 이상 존재하지 않기…! 우리〔圈〕 속에서 태어난

사자들이여…!

다른 계곡에서, 저 너머로 퍼지는 종소리… 가까운 곳에서?

학교가 불탄다, 교실에 한 소년이 갇힌 채로…

어째서 북쪽이고 남쪽이면 아니 되는가…? 무엇이 발견되었는가…?

그리고 나는 미쳐간다… 느닷없이 하던 생각을 멈춘다… 네게 시선을 고정한다…

그리고 너의 침묵은 나의 맹목… 너를 응시하며 꿈꾼다…

너를 명상하는 방식에는 루비색 사물들과 뱀들이 있고,

너의 생각은 무서운 맛을 지닌 기억을 알고 있다…

어째서 너에 대해 경멸을 가지지 않는가? 왜 그것을 잃지 않는가…?

아, 내가 널 무시하도록 내버려두자… 너의 침묵은 하나의 부채—

접힌 부채, 펼쳐진 부채였다면 너무도 아름다웠을, 너무도 아름다웠을,

그러나 펼치지 않아 더욱 아름다운 것, 시간이 죄를 짓지 않도록…

모든 가슴 위에 포개진 모든 손들이 얼었다…

정원에 있던 것보다 더 많은 꽃들이 시들어버렸다…

오, 나 너를 사랑함은 선택된 침묵들의 성당,
그리고 나의 꿈들은 시작은 없되 끝은 있는 계단…

누군가 문으로 들어오려 한다… 미소 짓는 분위기가 느껴진다…
과부 직공들이 짜고 있는 처녀들의 수의(壽衣)를 즐긴다…
아, 너의 싫증은 다가올 한 여인의 조각상,
국화들이, 만약 지녔다면 지녔을 법한 향기…

모든 다리들의 목적을 파괴할 필요가 있다,
모든 대지 경관을 낯설음으로 갈아입히는 것,
지평선의 굴곡을 강제로 반듯이 펴는 것,
삶을 살아야 함에 신음하는 것, 톱들의 갑작스러운 소리처럼…

존재하지 않는 풍경을 사랑할 사람이 너무도 적구나…!
  내일도 똑같은 세계가 지속되리라는 걸 안다는 것—어찌나 우릴 슬
프게 하는지…!
  네 침묵을 내가 듣는 것이
  너의 미소, 유배된 천사, 그리고 네 싫증, 검은 후광을 슬프게 만드는

구름들이 되지 않길…

부드럽게, 어머니와 자매들을 가지듯, 풍요로운 오후가 저문다…
이미 비는 그쳤고, 저 드넓은 하늘은 하나의 거대하고 불완전한 미
소…
너를 의식하는 나의 의식은 하나의 기도,
너의 미소를 내가 알아봄은, 내 가슴에 시든 꽃…

아, 우리가 저 먼 색유리창 속 두 인물이었다면…!
아, 우리가 저 영광의 깃발 속 두 가지 색깔이었다면…!
구석에 세워진 머리 없는 조각상, 먼지 쌓인 세례반(洗禮盤),
한복판에 이런 구호가 쓰인 패배자들의 깃발— **승리!**

나를 이토록 고문하는 게 대체 뭘까…? 만일 너의 차분한 얼굴마저도
나를 싫증과 공포스러운 나태의 아편들로 채운다면…
난 모르겠다… 나는 스스로의 영혼조차 낯선 미치광이…
나는 꿈들 저편의 어느 나라에서 형상으로 사랑받았네…

1913. 4. 7.

기울어진 비*

I

무한한 항구에 대한 내 꿈이 이 풍경을 가로지르고
부두에서 멀어지면서 수면에 그림자로
햇빛 비치는 저 오래된 나무들의 잔상을 끌고 가는
거대한 배의 돛늘로 꽃들의 색깔은 투명하다…

내가 꿈꾸는 항구는 그늘지고 창백하고
이 풍경은 이쪽을 비추는 햇살로 가득하다…
그러나 내 마음속에서 오늘의 태양은 그늘진 항구
그리고 항구를 떠나는 배들은 햇볕을 받는 나무들…

이중으로 해방되어, 나는 아래의 풍경을 떨쳐버렸다…
무누의 그림자는 깨끗하고 평온한 길
마치 벽처럼 세워지고 일어나는
그리고 배들은 나무 둥치들 속을 지나간다

---

* '사선으로 내리는 비'라고 옮길 수도 있다.

수직적으로 수평적으로,
잎사귀들 사이로 닻줄을 하나씩 물속에 떨어뜨리며…

내가 누구를 꿈꾸는지 나도 모른다…
갑자기 항구의 바닷물이 전부 투명하다
그리고 나는 바닥을 본다, 마치 그곳에 펼쳐진 커다란 판화 같은,
이 풍경 전부를, 줄지어 선 나무들, 저 항구의 이글거리는 길,
그리고 항구에 대한 내 꿈과 이 경치를 보는 내 시선 사이로
지나가는 항구보다 더 오래된 배의 그림자
그것이 내 가까이로 다가와 내 안으로 들어오고,
내 영혼의 다른 면을 스쳐 지나간다…

II

오늘 내리는 빗속에서 교회 내부가 밝혀진다,
켜지는 촛불마다 유리창을 두드리는 더 많은 비…

빗소리를 듣는 건 날 기쁘게 한다, 왜냐하면 그건 불 밝혀진 사원이니,
그리고 바깥에서 바라보는 성당의 유리창은 안에서 들리는 빗소리…

높은 제단의 화려함은 언덕들을 거의 보지 못하는 나
비 사이로 그것은 제단 위 융단에서 너무도 장엄한 금…
합창대의 라틴어 노랫소리가 들리고, 내 유리창을 흔드는 바람.
합창대의 존재에 물줄기가 쉿쉿 소리를 내는 게 느껴진다…

미사란 지나가는 한 대의 자동차
오늘같이 슬픈 날에 무릎 꿇은 저 신자들 사이로…
갑작스러운 바람이 한층 더한 광채 속에서 흔들어댄다
성당의 축제와 빗소리가 모든 걸 삼키고
신부의 목소리만 들릴 때까지 물은 저 멀리 흘러간다
자동차 바퀴 소리와 함께…

그리고 성당의 불들이 꺼진다
그치는 빗속에서…

III

이집트의 거대한 스핑크스가 이 종이 안에서 꿈을 꾼다…
나는 쓴다— 그리고 그것이 내 투명한 손을 통과해 나타난다
그리고 종이 귀퉁이에 피라미드가 세워진다…

나는 쓴다— 내 깃펜 펜촉이
키오프스 왕*의 옆모습이 되는 걸 보는 게 거슬린다…
나는 갑자기 멈춘다…
모든 것이 어두워진다… 나는 시간이 빚어낸 심연 속으로 추락한다…
피라미드 아래 묻혀 나는 이 램프의 밝은 불빛 아래 시를 쓰고
이집트 전체가 내가 깃펜으로 긋는 선들로 나를 내리누른다…
스핑크스가 속으로 웃는 게 들린다
나의 깃펜이 종이 위를 내달리는 소리…
내가 볼 수 없는 거대한 손이 나를 관통하여,

---

* 기원전 2600년경 이집트 제4왕조의 2대 왕이었던 인물.

30

내 뒤에 있는 천장 구석으로 모든 걸 쓸어버리고,
내가 쓰고 있는 종이 위, 그것과 쓰고 있는 깃펜 사이에
키오프스 왕의 시체가 눈을 부릅뜨고 날 바라보며 누워 있다,
그리고 교차하는 우리의 시선들 사이로 나일 강이 흐르고
깃발을 휘날리는 배들의 환희가 떠돈다
사선으로 퍼지는 가운데
나와 내가 생각하는 것 사이에서…

오래된 금으로 장식된 키오프스 왕의 장례식 그리고 나…!

IV

작은 탬버린 같은 이 방의 적막…!
벽들은 안달루시아*에 있다…

---

* 플라멩코 춤이 유래한 것으로 알려진 스페인의 자치도시.

빛의 흔들림 없는 광채 속에 관능적인 춤들이 있다…

갑자기 온 공간이 멈춘다…,
정지하고, 미끄러지고, 펼쳐진다…,
그리고 천장의 한 모서리, 그로부터 훨씬 더 먼 곳에서
흰 손들이 비밀의 창문들을 열고,
저 바깥은 봄날이기에
떨어지는 제비꽃 가지들이 있다
눈을 감고 있는 나의 위로…

V

저 바깥에는 햇볕의 선회, 회전목마의 말들…
나무들, 바위들, 언덕들, 내 안에서 멈춘 채 춤춘다…
불 밝힌 시장의 절대적인 밤, 저 바깥 한낮의 달빛,
그리고 축제의 온 불빛들이 정원 울타리에서 소리를 낸다…
항아리를 머리에 인 한 무리의 소녀들

태양 아래 있다 못해 저 바깥을 지나서,
시장 가득히 서로 달라붙어 있는 군중 사이를 가로질러 간다,
시장의 가판대 불빛들, 밤과 달빛에 온통 뒤섞인 사람들,
그리고 두 무리가 만나고 서로 섞인다
둘인 하나가 될 때까지⋯
시장과, 시장의 불빛과, 시장을 거니는 사람들,
그리고 시장을 집어 공기 중으로 들어 올리는 밤은
한껏 햇볕을 받는 나무 꼭대기에도 있고,
태양 아래 빛을 발하는 바위들 아래에서도 눈에 띄고,
소녀들이 머리에 인 항아리의 다른 쪽에서도 나타난다,
그리고 이 모든 봄의 풍경은 시장 위에 떠 있는 달,
그리고 소리와 빛 가득한 시장 전체는 화창한 이날의 땅바닥

갑자기 누군가가 이 이중의 시간을 마치 체처럼 흔든다
그리고, 두 현실의 가루가, 뒤섞여서, 떨어진다
돌아올 생각 없이 출항하는 선박들의
항구를 그린 그림들로 가득한 내 두 손 위로⋯
내 손가락 위의 검고 흰 금가루⋯

내 두 손은 시장을 떠나는 저 소녀의 발걸음,
오늘 이날처럼 고독하고 만족스러운…

VI

지휘자가 지휘봉을 젓는다,
나른하고 슬픈 음악이 시작된다…
내 유년을 떠올린다, 그날을
마당 한편에서 노닐던
담벼락에 던지는 그 공 한쪽 면엔
초록 개의 미끄러짐, 다른 쪽 면에는
노란 기수(騎手)를 태우고 달리는 푸른 말 한 마리…

음악이 이어진다, 그리고 여기 내 유년 안에
갑자기 나와 지휘자 사이, 하얀 담벼락에,
공이 왔다 갔다 한다, 한 순간엔 초록 개,
다음 순간엔 노란 기수를 태운 푸른 말이…

온 극장이 나의 마당이고, 나의 유년은
모든 곳에 있고, 그 공은 음악을 연주하기 시작한다
슬프고 희미한 음악이 나의 마당을 거닌다
노란 기수로 변하는 초록 개로 갈아입고…
(나와 악사들 사이의 공은 어찌나 빨리 도는지…)

나는 내 유년에다 그걸 던지고 그것은
나의 주위에 있는 무대 전체를 가로질러
노란 기수와 초록 개와 노닌다
그리고 담벼락 꼭대기에 나타나는 푸른 말
나의 마당에서… 그리고 음악이 공들을 던진다
나의 유년에다… 그리고 내 마당 담벼락은
지휘봉 동작들과 조록 개의 어지러운 회전들 그리고
푸른 말들과 노란 기수들로 이루어졌다…

극장 전체가 음악으로 된 흰 담벼락
내 유년, 노란 기수를 태운 푸른 말에 대한

나의 그리움을 초록 개가 뒤쫓는 곳…

그리고 한쪽에서 다른 쪽으로, 오른쪽에서 왼쪽으로,
나무들이 있는 곳, 그리고 연주하는 오케스트라가 있는
꼭대기 근처의 가지들 사이로,
내가 샀던 공들이 진열된 가게로
그리고 내 유년의 기억들 사이로 가게 주인이 미소 짓는다…

그리고 음악이 무너지는 벽처럼 멈추고,
공은 나의 끊긴 꿈의 절벽 아래로 구른다
그리고 푸른 말 위에서, 지휘자, 검은색으로 변하는 노란 기수는
감사를 표하고, 달아나는 벽 위에 지휘봉을 내려놓으며
고개 숙여 절한다, 미소 지으며, 머리 위에 흰 공을 얹은 채,
그의 등 뒤로 사라지는 흰 공을…

1914. 3. 8.

36

노래

바람 혹은 땅의 정령이 연주를 하나…?
음악적인 리듬들의
그늘과 가벼운 입김들이
소나무를 스친다.

그것들은 너울댄다
나도 어딘지 모르는 거리를 배회하듯,
또는 나무 사이로 한순간 나타났다가
다음 순간 숨는 누군가처럼.

나는 절대 가지지 않을
멀고 불확실한 형체…
잘 안 들린다, 그리고 난 울다시피 한다…
왜 우는지는 나도 모른다.

너무도 부드러운 멜로디
그게 존재하는지도 잘 모르겠다
아니면 그것이 단지 황혼.

솔방울들, 그리고 슬퍼하는 나일 뿐인지.

그런데 멈춘다, 산들바람처럼
그 탄식들에 형체를 잊어버린다,
그리고 이젠 소나무 소리 말고는
더 이상 아무 음악이 없다.

1914. 9. 25.

추수하는 여인

그녀가 노래한다, 가련한 추수꾼,
어쩌면 행복하다고 여기며
노래하며 추수하는 그녀의 목소리는
기쁘고 이름 없는 홀몸 신세 가득히,

문턱처럼 맑은 공기에
새의 노래처럼 물결치고,
그녀가 노래할 때 내는 소리의
부드러운 그물에는 굴곡들이 있다.

그녀를 들으면 기뻐지기도 슬퍼지기도 한다,
그 목소리에는 들판과 고생이 서려 있다,
그리고 그렇게 노래한다 마치
인생 말고도, 노래할 이유가 더 있다는 듯

아, 노래하라, 이유 없이 노래하라!
내 안에서 느끼는 그것이 생각을 한다.
내 심장 안으로 퍼부어다오

떨리는 너의 확신 없는 목소리!

아, 나이면서도, 너일 수 있다는 것!
너의 기쁜 무의식을 가진다는 것,
그리고 그것에 대한 자각! 오 하늘!
오 들판! 오 노래! 지식은

너무나 무겁고, 삶은 너무나 짧구나!
내 안으로 들어와다오! 변하게 해다오
내 영혼을 당신의 가벼운 그림자로!
그다음엔, 나를 데리고 가다오!

1914. 12. 1.

그림자 속 일기

아직도 나를 기억해?

너는 오래전부터 나를 알았어…

난 네가 좋아하지 않던 그 어린아이였지,

그러다가 나중에 조금씩조금씩 관심을 갖기 시작했어

(괴로움과, 슬픔과, 다른 무언가 때문에),

그리고 결국은 좋아하게 되었지, 거의 모르는 사이에,

기억해? 해변에서 놀던 그 슬픈 아이를

혼자서, 다른 사람들로부터 멀리 떨어져, 조용하게,

그리고 어쩌다가 그들에게, 섭섭함은 없지만 슬픈 눈길을 던지곤 했지…

가끔 네가 나를 훔쳐보는 게 보여…

기억나는 거야? 기억나는지 보고 싶어? 난 알아…

모르면서도, 너는 내 평온하고 슬픈 얼굴 속에서 아직도 느끼지?

다른 사람들로부터 멀찍이 떨어져 노는 그 아이를

이따금 그들에게 동정은 없지만 슬픈 눈길을 던지곤 했던…

보고 있다는 걸 알아, 그리고 어떤 슬픔이 나를 슬프게 하는지 이해하지 못한다는 것도…

동정도 아니고, 그리움도 아니고, 미움도 아니고, 상처도 아니야…

아, 그건 슬픔이야

저 위대한 태아기의 토양에서

신이 말해준 비밀—

사물들의 절대적인 공허함에 관한 비밀

그리고 세상의 환상에 관한…

모든 게 부질없고 가치 없다는

멈출 수 없는 슬픔,

노력은 말도 안 되는 낭비이며,

인생은 텅 빈 공간이라는 것,

왜냐하면 각성은 언제나 환상 뒤를 따라오고

보아하니 죽음이 곧 삶의 의미인 듯하기에…

그래 그거야, 하지만 그게 다는 아니지, 네가 나의 얼굴에서 보는 건

그리고 너로 하여금 그렇게, 이따금, 날 훔쳐보게 만드는 건…

그것 말고도 있지

저 검은 충격, 저 그늘진 전율이,

아마도 영혼에서

그 위대한 태아기의 토양에서 말해진

신의 비밀을 가지게 되면서, 삶이 아직

저 멀리서 동트지 않았고

빛나며 복잡한 온 우주가 아직

물리적으로 이루어져야 할 운명이었을 때의.

이것이 나를 정의해주지 못하다면, 아무것도 날 정의 못 해

그리고 이건 날 정의하지 못하지—

왜냐하면 신이 내게 말해준 비밀은 그게 다가 아니었거든

다른 것이 있었어, 지금 여기 비현실적인 면에 존재하며

그 안에 있는 즐거움, 이해불가능성을 이해하는 나의 재주,

느낄 수 없는 것에 대한 나의 느낌,

제국 없는 황제 같은 내 내면의 기품,

빛 속에 건축된 꿈들의 영역.

그래, 이것이 바로

나의 얼굴 그 유년에 노숙함을

나의 시선 그 기쁨에 근심을 드리우지.

너는 나를 훔쳐보는구나, 이따금

그리고 나를 이해하지 못하지,

그리고 너는 또다시 돌아보지, 아닌 척하면서 계속해서…

신 없이는 삶 말고는 아무것도 없어

그리고 너는 영원히 이해할 수 없을 거야.

1916. 9. 17.

"내 거리의 피아노"

내 거리의 피아노 하나…
　　　어린아이들이 노닌다…
일요일의 태양과 그
　　　금빛 발하는 기쁨…

규정되지 않은 것 모두를 사랑하게
　　　만드는 쓰라림…
인생에 가진 것도 별로 없었는데
　　　그조차 잃고 나니 마음 아프구나.

하지만 수많은 변화 속에
　　　삶은 이미 저만치 가는구나!
모자란 피아노 하나, 그리고
　　　아이들이 될 수 없는 나!

1917. 2. 25.

"나의 생각은, 발설한 순간"

나의 생각은, 발설한 순간, 더 이상
　　　나의 생각이 아니다.
죽은 꽃, 내 꿈에 떠다닌다,
　　　바람에 실려 갈 때까지,

흐름을 벗어날 때까지, 외부에서 오는 행운으로.
　　　내가 말을 하면, 느껴진다
내가 단어들로 내 죽음을 조각하고 있음이,
　　　영혼을 다해 거짓말하는 것이.

그렇게 말을 하면 할수록, 나는 더 나 자신을 속이고,
　　　나는 더 새로운 허구의
존재를 만든다, 내 존재인
　　　것처럼 꾸미는.

아, 이미 생각하면서 들린다,
　　　내면의 끝에 자리하는 목소리.
내 내면의 대화 자체가

나와 내 존재를 가른다.

하지만 내가 사색하는 것에
　　　공간의 목소리와 형태를 부여하는 바로 그때가
어떤 끈이 끊기며, 내가 나와 나 사이의
　　　무한한 심연을 여는 순간.

아, 나와 나 사이가
　　　완벽히 조화롭다면,
나와 내가 말하는 것 사이
　　　거리가 없는 내면의 침묵!

1917. 8. ?

신원미상

아니, 모든 말은 과해. 조용히 해!
그만둬, 너의 목소리, 오직 그전의 고요함만!
아무도 없는 바닷가의 흐린 바다처럼, 오는구나
        아픔이 나의 심장에.

어떤 아픔? 난 몰라. 느끼는 걸 알 수 있는 사람이 있어?
몸짓 하나조차도. 그저 죽어야 하는 것들로부터 살아남기를
달과, 시간, 그리고 무심하고 흐릿한 향기
        그리고 꺼내지 않은 말들.

1918. 6. 12.

"아, 무대와 픽션 속에"

아, 무대와 픽션 속에 산다는 것!
실재(實在)가 그저 무대 배경이라는 것!
그리고 모든 감각마다 음악을 곁들인 채
거짓을 통과하는 걸 느끼는 것!

시간과 팔 그리고 소유 가능한 것들에 대한
욕망을 가진 서민들과는 거리가 먼,
절대적인 무대의 왕국에서, 인생에서 집을 가질
끈도, 존재할 이유도 없이!

무대 뒤의 현실도
누군가가 보는 진짜 현실도 아닌
그저 무대와 배우들만 진짜인
우리 각자가 누군지를 떠나 가면들처럼 진짜인.

왜냐하면 인생은 지나가고, 이해할 수 없고 평범하기에⋯
사물의 존재 이유는 아무것도 설명하지 못하니⋯
꿈꾸는 이처럼 보는 것의 천국! 오 영혼, 너를 빨아들인다

황홀한 플루트의 영원한 무대의 최면 속으로.

1919. 3. 7.

풍자시

신들은 행복하지.
뿌리와 같은 평온함으로 그들은 살아가지.
운명도 그들의 욕망을 억누르지 못하지,
혹은 억누르더라도, 만회시켜주지
불멸의 삶으로써.
그들을 슬프게 하는 그늘이나 다른 것들
그런 것도 없어.
그리고, 모든 걸 떠나서, 그들은 존재하지 않지…

1920. 7. 10.

필요 없음

그것은 무대, 꿈의 무대
해야 할 게 없는 배우들이 있는…
저기서 운명이 미소 지으며
꿈꿈과 존재함을 하나로 녹인다.

꿈의 무대, 그것을 미혹하라!
행동, 절대 하지 말라!
막간의 픽션들이여,
당신을 만든 자를 속여라!

그리고 영혼은 망각하며 살아라,
낯선 투명함 속에,
평범하고도 여자 같은, 삶을,
그리고 아무것도 아닌, 죽음을!

1921. 6~7(?).

행인

피아노 치는 소리가 들린다, 그리고
    음악 뒤편의 웃는 소리. 나는 꿈에서
빠진다, 본다, 저 높은 건물의
    삼층이구나.

기쁨이 넘치는 젊은 목소리들!
    어쩌면 가짜일까? 난들 알랴?
질투로 날 싸늘하게 하는 저 기쁨이라니!
    범속하다고? 하지만 내 것이 아닌걸.

저기 저 삼층에서
    어쩌면 그들은 행복하겠지.
나는 지나친다, 그리고 저 집에 대한 나의 꿈은
    나른 나라들에 대한 꿈 같은 것.

1921. 8. 21.

크리스마스 1

하나의 신이 태어난다. 다른 신들이 죽는다. 진리는
오지도 가지도 않았다. **오류는** 달라졌다.
우리에겐 지금 또 다른 **영원이** 있고,
항상 지나간 것이 더 나았다.

눈먼, 과학은 쓸모없는 땅을 간다.
미친, 신앙은 숭배 속에 살아간다.
새로운 신은 단지 하나의 단어일 뿐.
찾지도 믿지도 말아라, 모든 것은 숨겨져 있다.

1922. 12. ?

"나는 꿈꾼다"

나는 꿈꾼다. 지금 이 순간 내가 누군지 나도 모른다.
나를 느끼면서 잠잔다. 평온한 시간 속에
나의 생각은 생각을 잊는다,
      나의 영혼은 영혼이 없다.

내가 존재한다면, 내가 그걸 안다는 게 오류다. 내가 깨어난다면
내가 틀린 것만 같다. 난 모른다고 느낀다.
난 아무것도 원하지 않고, 가진 것도, 기억하는 것도 없다.
      나에겐 존재도 법도 없다.

환상들 틈에 깜빡하다 얻는 자각,
환영들이 나를 제한하고 붙든다.
잠들거라, 다른 이들의 마음에 무심한 채,
      누구의 것도 아닌 마음아!

1923. 1. 6.

"밤중에 바람이 스쳐 지나가는"

밤중에 바람이 스쳐 지나가는 것을 듣는다
느껴진다 공기 중에, 높이서, 회초리 소리
나는 무엇인지 누구인지 모른다
모든 것이 들리고, 아무것도 보이지 않는다.

아, 모든 것이 상징이고 유추이다.
이 차가운 밤에 부는 바람.
그것들은 밤과 바람이 아닌 다른 것들—
인생과 생각의 그림자들.

우리는 안 하는 얘기를 우리에게 전부 이야기한다.
밤과 바람이 해주는 극적인 이야기 중에
어떤 걸 생각하느라 망쳤는지 나도 모른다.
난 들었다. 생각하느라, 듣는 데 실패했다.

모든 것이 하나의 소리며 닮아 있다.
바람이 멈추고, 어느새 밤은 가고,
날이 새고, 나는 익명으로 존재한다.

하지만 일어났던 일은 전혀 이런 게 아니었다.

1923. 9. 24.

비계(飛階)

내가 꿈꿔온 시간은
인생에서 몇 년간이었던가!
아, 내 과거의 얼마만큼이
내가 상상한 미래에 관한
거짓 인생뿐이었던가!

여기 이 강변에서
이유 없이 평정하네.
이 텅 빈 흐름은
그려낸다, 익명으로 차갑게,
실패 속에 산 삶을.

이룬 게 거의 없는 희망!
어떤 기대가 기회만 한 가치가 있을까?
어린애의 공 하나도
내 희망보다 높이 오르고,
내 욕망보다 더 구르지.

강변의 물결, 어찌나 잔잔한지
너희는 물결조차 아니지,
시간들, 하루들, 해들, 빨리도
흘러간다— 같은 태양이 죽게 만드는
신록 또는 눈.

난 가지지 않았던 걸 모두 써버렸다.
난 실제보다도 더 늙었다.
나를 지탱하던 그것, 환상은
오로지 무대 위에서만 여왕,
벗어버리자, 왕국은 끝났다.

천천히 흐르는 가벼운 물소리,
지나친 강변에 게걸스럽세,
안개 긴 희망들의
나른한 기억들이라니!
삶과 꿈은 어떤 꿈들인가!

난 인생에서 뭘 했는가? 나 자신을 찾은 건
이미 길을 잃은 때였지.
인내심을 잃고 날 포기해버렸지
마치 자신에게 기각된 데에서
고집을 부리는 미치광이를 대하듯.

흘러야 하기에 흐르는
부드러운 물의 죽은 소리,
기억들뿐만 아니라 죽은 희망들도
데려가거라—
결국은 죽어야 하기에 죽어버린.

나는 이미 미래의 사자(死者).
오로지 꿈만이 나를 나와 이어준다—
내가 되었어야 하는 것의
늦어버린 모호한 꿈— 버려진
내 정원의 담장.

지나간 파도여, 날 데려가다오
바다의 망각에게로!
내가 되지 않을 것에게, 물려주어다오
짓지 않은 집을
비계로 에워싼 내게.

1924. 8. 29.

제 어미의 자식*

버려진 평원
미지근한 바람이 데우는 곳,
관통하는 총알들로
— 두 방, 양쪽에 나란히 —,
죽어 쓰러져 싸늘하게 식어간다.

군복에 피가 번진다.
늘어뜨린 두 팔,
순백의, 금발, 핏기 없는,
지치고, 눈먼 시선으로 응시한다
잃어버린 하늘들을.

너무도 어린 나이에! 어찌나 어렸는지!
(지금쯤이면 몇 살일까?)
유일한 아이, 그에게 어머니가 붙여준,
그리고 간직했던 그 이름:

---

* 금지옥엽처럼 애지중지하는 자식을 뜻하는 관용적인 표현.

"제 어미의 자식."

그의 주머니에서 떨어졌다
작달막한 담뱃갑.
어머니가 준 것. 그것은 온전하고,
흠잡을 데 없는 담뱃갑.
이제 쓸모가 없어진 것은, 그.

또 다른 주머니에서는,
단을 감친 손수건의 순백,
그 날개 끝이 땅에 닿아
끌리네… 그를 품고 돌보던
늙은 보모가 준 것.

저 멀리서, 집에서는, 기도가 이뤄진다:
"어서 돌아오기를, 몸 성히!"

(제국이 짜는 그물이란!)*
죽어 쓰러진 채, 그렇게 썩어간다
자기 어머니의 아이가.

1926. 9. 29.

64

"이런 종류의 광기"

이런 종류의 광기
재능이라고 부르기엔 부족한,
어두운 생각의 혼란 속에 있을 때,
내 안에서 빛나는 그것.

내게 행복을 가져다주진 않는다,
왜냐하면, 결국, 이 도시엔
언제나 태양 혹은 그늘이 있을 테니까,
하지만 내 안에는 뭐가 있는지 모르겠구나.

1926. 10. 6.

모두

그렇게들 말하나?
잊는다.
말하지 않나?
말했다.

하는가?
치명적.
하지 않는가?
마찬가지.

어째서
기다리나?
―모든 것은
꿈꾸는 것.

1926. ?

해안가

작별의 손수건을
흔드는 이에게 행운을!
그들은 행복하다, 슬프다…
나는 삶의 슬픔 없이도 고통스럽다.

생각이 비치는 곳까지 나는 아프고,
생각한다는 것만으로도 이미 고통,
썰물 위에 떠 정지된
꿈의 고아……

그리고 차오른다,
이미 헛된 번민으로 지쳐버린 나에게까지,
한 번도 떠난 적 없는 부두의
매일매일의 바다 냄새가.

1927. 6. 4.

"아무 음악이든"

아무 음악이든, 아, 무엇이든,
그 어떤 불가능한 평온을 바라는
이 불확실함을 내 영혼에게서
덜어줄 수 있다면 무엇이든!

아무 음악이든 — 기타,
비올라, 아코디언, 손풍금이든…
빗나가는 한 소절…
아무것도 안 보이는 꿈이든…

인생이 아닌 그 무엇이든!
호타,* 파두,** 아직 생생한
마지막 춤의 혼미…
내가 심장을 느끼지 못하게!

1927. 10. 9.

---

* 호타Jota는 스페인 아라곤 지방의 민속 음악이자 춤이다.
** 파두Fado는 포르투갈 리스본의 여러 지역에서 널리 공연되는, 음악과 시가 결합된 장르이다.

체스

폰*들, 평화로운 밤에 출정하네
지쳐서, 꾸며낸 감정들로 가득 찬 채
아무것도 아닌 얘기를 나누며, 집에 가네,
가죽을, 코트를, 모피 외투를 걸친 채.

폰들, 운명으로부터 행운 그리고
한 칸의 전진 말고는 허락받지 못하지,
단, 사선으로 가며, 누군가의 죽음으로
새로 하나 얻고 가는 걸 제외하면.

비숍이든 룩Rook(城)이든, 그들은 귀한 말들의
상위의 움직임에 항상 예속되어 있지
운명은 갑작스럽게 그들에게 접근하고
고립된 전진 속에서 폰은 죽음을 맞이하지.

하나둘씩, 마지막에 다다라서 얻는 것이라곤

---

* pawn: 체스 판 시작 위치에서 가장 앞줄을 채우는 말로 보병, 인간을 의미한다.

자신이 아닌 다른 이의 구멍이지,
그리고 게임은, 각각의 말과 무관하게 지속되고,
냉혹한 손이 그들을 싸잡아 몰아가지.

이어서, 모피나 실크를 걸치고는, 가련히
체크 메이트! 게임은 끝나고 지친 손이
한판 승부와는 전혀 무관하게 말들을 치우지
모든 게 그저 게임일 뿐이니, 결말은 아무것도 아니니.

1927. 11. 1.

"얼마나 오랫동안"

얼마나 오랫동안 이곳을 지나지 않았던가
      이 길을, 거의 십 년 동안, 어쩌면!
그렇지만 여기서 지냈고, 여기서 살았다
      한 세월을──이 년쯤 혹은 삼 년.

길은 똑같고, 새로운 건 거의 없다.
      하지만 길이 나를 본다면, 그리고 말을 한다면,
이러겠지, 한결같군, 그런데 나는 얼마나 변했는가!
      그렇게 영혼은 기억하고 또 잊는다.

우리는 거리들과 사람들을 지나친다,
      우리 자신들도 지나친다, 그리고 우리는 끝난다,
그러고 나서 흑판에, **지능적인 손***이
      상징을 지우고, 우리는 새로 시작한다.

1928. 3. 12.

---

* 다윈의 전 세대인 찰스 벨(Charles Bell, 1744~1842)이 『손*The Hand*』을 출간했던 1833년에 '지능적인 손(intelligent hand)'이란 이미지가 과학계에 등장했다.

"수면에 맴돈다"

수면에 맴돈다
하나의 진동,
흐릿한 슬픔이 있다
나의 심장 속.

산들바람 때문도 아니고
다른 무엇 때문도 아니다
망설이고 파닥거리는
이 진동을 일으키는 건,

내가 어떤 고통을
느껴서도 아니다.
나의 영혼은 불분명하다,
무엇을 원하는지 모른다.

그것은 고요한 아픔,
보이기에 고통스러운.
난 너무도 슬프구나!

무엇 때문인지 알았다면…!

1928. 3. 14.

크리스마스 2

크리스마스. 시골에는 눈이 내린다.
단란한 집들 안에서는
하나의 감정이 과거의
감정들을 간직한다.

세상으로부터 돌아선 마음,
가족이란 어찌나 진짜인지!
나의 사색은 깊다,
그래서 내겐 향수가 있지.

은총으로 얼마나 하얀가,
영원히 못 가질 가정의
유리창 뒤에서 바라본
내가 모르는 풍경은!

1928. 12.

집중 폭격 후 우리는 마을을 점령했네

금발머리 아이가
길 한가운데 쓰러져 있다.
내장은 바깥으로 튀어나왔고
그 끈으로 이어진
기차가 무심하다.

얼굴은 피범벅이고
없는 것이나 마찬가지.
욕조에 떠다니는 그런
작은 물고기가 반짝인다—
도로 가장자리에서.

길 위로 땅거미가 깔린다.
멀리서, 한줄기 빛이 아직
미래의 창조를 금빛으로 비춘다…

그리고 금발머리 아이의 미래도?

1929. 6. 21.

"나는 고요한 연못을 바라보네"

나는 고요한 연못을 바라보네
산들바람에 떨리는.
내가 모든 것을 생각하고 있는지
모든 것이 나를 잊고 있는지 모르겠네.

연못은 내게 아무것도 말해주지 않고,
바람이 그걸 움직이는 것도 느껴지지 않네.
내가 행복한지도
그러길 바라는지도 모르겠네.

잠든 물 속에서
미소 짓는 물결 자국아.
왜 나는 내 유일한 인생을
꿈으로 만들었을까?

1930. 8. 4.

"내가 기쁜지 슬픈지"

내가 기쁜지 슬픈지…?
솔직히 말해서 나도 그걸 몰라.
슬픔은 무엇으로 이뤄진 걸까?
기쁨으론 무얼 하지?

난 기쁘지도 슬프지도 않아.
실은 내가 누군지도 몰라.
나는 신이 준 운명을 느끼면서
존재하는 영혼 중 하나.

결국, 기쁘냐 슬프냐?
생각이란 절대 끝이 좋지 않아…
나의 슬픔은
나에 대해 잘 모름에서 나와…
하지만 기쁨이란 것도 그런 거지…

1930. 8. 20.

"내가 얼마나 많은 영혼을 가졌는지"

내가 얼마나 많은 영혼을 가졌는지 나는 모른다.
나는 매 순간 변해왔다.
끊임없이 나 자신이 낯설다.
나를 본 적도 찾은 적도 없다.
그렇게 많이 존재해서, 가진 건 영혼뿐.
영혼이 있는 자에겐 평온이 없다.
보는 자는 보고 있는 바로 그것이다.
느끼는 자는 그 자신이 아니다.

내가 누군지, 내가 뭘 보는지에 주의를 기울이며,
나는 내가 아니라 그들이 된다.
나의 꿈 또는 욕망 각각은,
태어나는 것이지, 나의 것은 아니다.
나는 나 자신의 풍경,
나의 지나감을 지켜본다,
다양하고, 움직이고, 혼자인.
내가 있는 이곳에선 나를 느끼지 못하겠다.

그래서 낯설게, 나는 읽어나간다,
마치 페이지처럼, 나 자신을.
다가올 것을 예상치 못하면서,
지나가버린 건 잊어가면서.
읽은 것을 귀퉁이에 적으면서
느꼈다고 생각한 것을.
다시 읽어보고는 말한다, "이게 나였어?"
신은 안다, 그가 썼으니.

1930. 8. 24.

"경계 있는 영혼은"

경계 있는 영혼은
　　　　장님과 벙어리에게 맡긴다,
내가 원하는 건 모든 것을
　　　　모든 방식으로 느끼는 것이니.

의식을 지닌 고지에서
　　　　나는 땅과 하늘을 응시한다,
천진한 눈으로 바라본다,
　　　　내가 보는 그 무엇도 나의 것이 아니다.

하지만 너무도 주의 깊게 보느라
　　　　너무도 그들 속으로 퍼지느라
모든 생각들이 나를
　　　　이미 여럿으로 변화시킨다.

그리고 흩어진 것들이
　　　　존재의 파편들이기에,
나는 영혼을 조각들로

또, 여러 명으로 깨뜨린다.

그리고 영혼 그 자체를 내가
          다른 시선으로 본다면,
자문한다, 그걸 나의 것이라
          판단할 여지가 있는 건지.

아, 땅과 바다 그리고 드넓은
          하늘만큼이나,
자아를 믿는 사람은 틀렸다,
          나는 여럿이며 나의 소유가 아니다.

사물들이 온 세상 앎의
          파편들이라면,
나는 나의, 부정확하고
          다양한 조각들이어라.

만약 내가 느끼는 만큼이 낯설고

내가 나로부터 느긴다면,
어찌해서 영혼은 자기 자신을
　　　　하나의 독립체로 여기나?

그렇게 나는 적응한다
　　　　신이 만든 것에,
신은 다양한 양태를 가졌고,
　　　　다양한 양태는 나다.

그렇게 나는 신을 모방한다,
　　　　여기 있는 것을 만들었을 때
거기서 무한과 개체까지
　　　　빼낸 그를.

1930. 8. 24.

"아 모든 것을 느끼는 것"

아 모든 것을 느끼는 것
　　　　모든 형태로!
본질은 없이 — 오로지 상태만,
　　　　우회만 있는 것…
방향이 없는 길
　　　　그곳에서 본 영혼,
내가 나 자신에게
　　　　다양한 독해여라.

　　　　　　　　　　　　1930. 8. 26.

"자유로우면서"

자유로우면서, 진실되지 않고 싶어,
믿음, 의무 또는 자리 따위 없이.
감옥은, 사랑이라 해도 싫어,
날 사랑하지 말기를, 난 싫으니까.

내가 거짓말 아닌 걸 노래할 때나
일어난 일에 대해 울 때,
그건 내가 느낀 바를 잊어버렸고
내가 내가 아니라고 여기기 때문이야.

나 자신으로부터도 나그네 신세
나는 산들바람에서 음악을 따네,
방랑하는 나의 영혼 자체
그것은 한 곡의 여행 노래

그렇게 커다랗고 차분한 효과가
존재할 아무런 이유도 없는데
어떤 권리처럼 빈 하늘에서 떨어지네

어떤 의무처럼 이 타락한 땅으로.

죽은 비는 아직도 적시네
갠 하늘의 어둑해진 땅을,
그리고 나는, 젖은 옷을 입고
때맞춰 사회적인 모습을 갖추네.

1930. 8. 26.

"나도 안타깝다 대답 없이"

나도 안타깝다 대답 없이.
하지만 결국 내 잘못은 아니지
네가 사랑한 내 안의 딴사람에게
내가 부응하지 못하는 게.

우리 각자는 모두 여러 사람이지.
내게 난 내가 생각하는 나,
남들에게는——각자 느끼는 대로
판단하겠지, 그리고 그건 엄청난 착오지.

아, 다들 날 좀 조용히 내버려둬.
날 꿈꾸지도, 딴사람으로 만들지도 말아.
나도 나를 찾고 싶지 않다는데,
남들이 나를 찾길 원하겠어?

1930. 8. 26.

"존재만으로도 놀랍다"*

존재만으로도 놀랍다.
큰 키, 짙은 금발.
그녀의 반쯤 성숙한 몸
볼 생각만으로도 기쁘다.

그녀의 봉긋한 가슴은
(만약 누워 있다면)
새벽이 없이도 동이 틀
두 개의 언덕 같다.

하얀 팔의 손은 펼쳐진
손바닥으로 이어져
소복한 허리춤 위
가려진 굴곡에 자리하네.

---

* 이 시는 1930년, 유명한 흑마술사 알리스터 크로울리(Aleister Crowley, 1875~1947)가
리스본을 방문했을 때, 당시 페소아가 베를린에서 온 크로울리의 여자 친구, 19세의 하
니 제거Hanni Jaeger를 만나고 나서 쓴 시로, 페소아의 시 중 성적으로 가장 직접적인
내용을 담고 있는 시이다.

배 한 척처럼 탐이 나.

어딘가 귤 한 쪽 같은 데가 있어.

아 욕망*아, 난 언제 승선할까?

아 배고픔아, 나는 언제 먹어볼까?

1930. 9. 10.

---

* 원래 원고에는 '욕망'과 '신(神)' 두 개의 시어가 쓰였으며, 최종 결정되지 않은 상태로
   남았다.

"잿빛 하늘에 비가 내리네"

잿빛 하늘에 비가 내리네
존재 이유도 없이.
심지어 내 생각도 그 안에
떨어뜨릴 비가 있네.

내겐 커다란 슬픔이 있지
느끼는 것보다 한층 더한.
말로 하고 싶지만 스스로에게
거짓말하는 만큼이나 무거워.

왜냐하면 진심으로
내가 슬픈지 아닌지 나도 모르겠거든,
그리고 비는 가볍게 내리네
(베를렌*도 허락하기에)
내 마음속에.

1930. 11. 15.

---

* 폴 베를렌(Paul Verlaine, 1844~1896): 프랑스의 상징주의 시인.

"나를 사랑하는 사람은 아무도"

나를 사랑하는 사람은 아무도 없네.
잠깐만, 있긴 있구나, 하지만
믿지도 않는 것에 대해
확신을 갖기는 힘든 법.

불신 때문에 믿지 못한다는 게 아니야,
왜냐하면 난 알거든, 나를 좋아한다는 걸.
내가 생겨먹은 게 그래서 안 믿는 것
그리고 그런 존재를 고집하는 것.

나를 사랑하는 사람은 아무도 없어.
이 시가 존재하기 위해
나는 강제로 겪어야 하지
이 쓰라림의 느낌을.

사랑받지 못하는 이 슬픔!
황량한 나의 마음!
기타 등등, 그리고 내가 생각해둔

시는, 그걸로 끝.

느낌은 또 다른 문제…

1930. 12. 25.

"길거리에서 노는 고양이"

길거리에서 노는 고양이
그곳이 침대라도 되듯이,
너의 운(運)이 부럽구나
운이라고 부르지조차 않으니.

돌과 인간을 지배하는
필연적인 법칙들의 충실한 종,
너는 일반적인 본능을 지녔고
느끼는 것만 느끼지,

있는 그대로라서 넌 행복하지,
너라는 무(無) 전부가 너의 것.
내가 나를 보는데, 내가 나 없이 있고,
내가 나를 아는데, 내가 내가 아니네.

1931. 1. ?

"아니, 아무 말도 하지 마"

아니, 아무 말도 하지 마!
너의 가려진 입이
할 말을 짐작하는 건
이미 들은 것과도 같아.

그건 네가 말하려던 것보다
내가 더 잘 들은 것.
너라는 것은 문장들과 나날들로
꽃 피우진 않아.

너는 너보다 낫지.
아무 말도 하지 말고, 그저 존재해!
보이지 않게 보이는
벌거벗은 몸의 우아함.

1931. 2. 6.

"나도 내가 왜 이런지 모른다"

나도 내가 왜 이런지 모른다.
동시에, 안다는 건 돌아다니지 않는 것.
느낀다는 건 언제나 내게
생각을 하는 한 가지 방법.

그래서 지금 이 짧은 노래,
날 상기시키고, 슬프게 하지.
오래되어서 그런지 난 모르겠네,
그래서 그런지, 아니면 내가 나라서인지.

이따금 한 장소에서 선회하는
메마른 잎사귀들이 있지.
나는 나로서 지속하진 못해도
끊임없이 바라보고 있지.

1931. 3. 16.

아우토프시코그라피아*

시인은 흉내 내는 자.
너무도 완벽하게 흉내 내서
고통까지 흉내 내기에 이른다
정말로 느끼는 고통까지도.

그가 쓴 걸 읽는 이들은,
읽힌 고통 속에서 제대로 느낀다,
그가 느꼈던 두 가지가 아닌,
그들이 못 가진 한 가지만을.

그리고 그렇게 궤도를 따라 돈다
우리의 이성을 즐겁게 하면서,
마음이라 부르는
이 태엽 기차가.

1931. 4. 1.

---

* AUTOPSICOGRAFIA: 페소아가 만들어낸 말. '자아 분석' 정도의 뜻으로 유추해볼 수
있다.

"나는 탈주자"

나는 탈주자,
태어나자마자
그들은 날 내 안에다 가뒀지,
아, 그러나 난 도망쳤어.

사람들이 만약
같은 장소를 지겨워한다면,
같은 존재는 어째서
지겨워하지 않는가?

내 영혼은 나를 찾아다니지만
나는 숨어서 피해 다닌다.
바라건대 그것이 절대
날 찾지 못하기를.

하나로 존재한다는 건 사슬.
나로 존재한다는 건, 존재하지 않는 것.
나는 도망치며 살겠지만

제대로 산다.

1931. 4. 5.

"나는 오로지 이성으로써"

나는 오로지 이성으로써 인도된다,
다른 인도자는 내게 주어지지 않았다.
허사(虛事)로 나를 밝혀준다고?
나를 밝히는 건 그것뿐.

이 세계의 창조자가
내가 나와 다른 누군가가
되기를 원했다면
나를 다르게 만들었겠지.

그는 내게 보라고 두 눈을 주었다.
나는 보고, 관찰하고, 믿는다.
내가 어찌 감히 말하리,
"장님아, 은총을 받은 게 나인가?"

시선처럼, 이성도
신이 내게 준 것, 보이는 것
저 너머를 보라고—

앎의 시선.

만약 보는 것이 날 속이는 것이고,
생각하는 것이 길을 벗어나게 한다면,
나도 모르겠다. 신은 이것들이
진리와 길이길 바라며 내게 준 것.

1932. 1. 2.

"나의 것이 아니야"

나의 것이 아니야, 나의 것이 아니야, 얼마나 쓰느냐는.

누구에게 빚졌는가?

나는 누가 낳은 전령인가?

왜, 속아서,

내 것이었던 걸 내 것이라 판단했던가?

내게 줬던 다른 게 있나?

그러나, 될 대로 돼라, 만약 운명이

내 안에 살고 있는 다른 삶의

죽음이 되는 거라면

나는,

나타난

이 모든 삶의 환상 속에 있었던 나는,

감사한다, 먼지였던 나를

일으킨 이에게,

(그리고 나를 구름으로 만든 한순간의 생각에서.)

(그리고 내가 나인 것, 일으켜진 먼지,

오로지 상징.)

1932. 11. 9.

이것

사람들은 나의 흉내며, 거짓말이라고 한다
내가 쓰는 모든 것이. 아니다.
나는 그저 느낄 뿐이다
상상을 통해.
마음은 쓰지 않는다.

내가 꿈꾸거나 겪는 것 모두,
내게서 실패하거나 끝나는 것,
그것은 다른 무언가 위의
옥상 같은 것. 바로 그
무언가가 아름다운 것.

그래서 나는 가까이 있지
않은 것 가운데서 쓴다
내 얽힘으로부터 자유로이,
아닌 것에 대해 진지하게.
느낌? 읽는 사람이 느끼라지!

1933년 4월 출판.

"그것이 꿈인지, 현실인지"

그것이 꿈인지, 현실인지,
꿈과 삶의 뒤범벅인지 난 모르겠다,
남쪽 극단의 섬에서 잊힌
저 온화함의 땅.
그곳이 우리가 갈망하는 곳. 거기, 바로 거기에서
삶은 젊고 사랑은 미소 짓는다.

어쩌면 존재하지 않는 야자수들,
있을 수 없는 멀리 줄지은 나무들,
이런 땅을 가질 수 있다는 믿음을
가진 자들에게 주어지는 그늘 혹은 평안.
우리, 행복하냐고? 아, 어쩌면, 어쩌면,
그 땅에서는, 그때가 오면.

하지만 한번 꿈꾸어지며 오해당하고,
그 생각만으로도 생각하는 게 지치고,
야자수 아래, 달빛 아래,
달이 있으니 추위가 느껴지네.

아, 이 땅에서도, 여기서도
악은 멈추지 않고, 선은 지속되지 않네.

세상 끝의 섬들도,
꿈 아니 현실의 야자수들도 아니다,
영혼 깊은 악을 치유하는 것은,
우리 마음속에 선을 들이는 것은.
다 우리 안에 있다. 거기, 바로 거기 있다,
삶이 싱그럽고 사랑이 미소 짓는 곳은.

1933. 8. 30.

"너의 이름, 잊어버렸어"

너의 이름, 잊어버렸어.
너의 존재, 무시했어.
너의 사랑, 잃어버렸어.
괜찮다고? 모르지.
나중에 말할 수 있겠지.

아무것도, 존재하는
이 순간, 존재하지 않아.
오로지 생각만이
지속되는지 말해주겠지,
그게 기쁨인지 슬픔인지.

난 잘 알지, 미소 지을 때,
네가 장난으로 미소 짓던 걸…
하지만 내 느낌 속에서,
이 모든 것은 다른
장소에 자리할 거야.

1933. 9. 5.

"잠과 꿈 사이에"

잠과 꿈 사이에,
나와 내 안에 있는
내가 나라고 치는 사람 사이에,
끝없는 강이 흐른다.

그것은 모든 강들이 겪는
온갖 여행들 너머의
다양하고 서로 다른
강변들을 지나쳤다.

지금 내가 사는 곳에 도착했다
오늘날 나인 집에.
내가 사색에 잠기면, 지나가다가
깨어나면, 지나가 있다.

그리고 나라고 느껴지고, 나를 나와
이어주는 부분에서 죽어가는 이는
강이 흐르는 곳에서 잠잔다—

끝이 없는 저 강에서.

1933. 9. 11.

"빨래하는 여인"

빨래하는 여인이 욕조의 돌에다
잘도 옷을 두드리는구나.
그녀는 노래하느라 노래하며 슬퍼하네
존재하느라 노래하느라,
그래서 그녀는 기쁘기도 하네.

그녀가 옷을 다루듯
나도 언젠가 저렇게
시를 지을 수 있다면
아마도 내게 주어진
온갖 길들을 잃어버리겠지.

하나의 엄청난 전체가 있다
생각도 이성도 없이
하는 둥 마는 둥 노래하며
현실 속에 빨래를 두들기는 것…
하지만 내 마음은 누가 씻어줄까?

1933. 9. 15.

"나는 느낌이 너무도 많기에"

나는 느낌이 너무도 많기에
나를 감상적인 사람이라고
납득시키는 건 뻔한 일이지만,
잘 따져보면, 깨닫게 된다
이 모든 것이 생각이었을 뿐,
결국 느낀 건 없었음을.

살아가는 우리 모두는 갖고 있다,
살아온 삶 하나 그리고
생각해온 삶 하나를,
우리가 가진 유일한 삶은
참된 것과 틀린 것으로
갈리는 바로 그 삶.

하지만 어느 것이 참되고
어느 것이 틀린지, 우리 중에
설명할 수 있는 사람은 없다.
그리고 주어진 방식대로

우리는 살아간다,

그것은 생각해야만 하는 삶.

1933. 9. 18.

"여행한다는 것"

여행한다는 것! 이 나라 저 나라 버리고 다니는 것!
끊임없이 다른 사람이 된다는 것,
영혼에 뿌리가 없기에
오로지 보기 위해 사는 것!

나 자신에게조차 속하지 않는 것!
곧장 나아가는 것, 목적 그리고
그걸 이루겠다는 열망의
부재를 좇는 것!

그렇게 여행하는 게 여행이지.
단 여정에 대한 꿈 이상은
아무 가진 것 없이 간다.
나머지는 하늘이고 땅일 뿐.

1933. 9. 20.

"제자 없는 스승은"

제자 없는 스승은
고장 난 기계를 하나 갖고 있었지,
온갖 장치가 있었는데도
아무것도 하지 않았거든.

손풍금으로 쓰이긴 했지
아무도 듣지 않을 땐.
가만히 있을 땐 호기심을 일으킬 여지도
있었건만, 아무도 거들떠보지 않았어.

내 영혼이 어쩌면 저 고장 난
기계 같은 것일지도.
그건 복잡하고, 변덕스럽고,
아무짝에도 쓸모가 없거든.

1933. 12. 13.

틈

나의 어두운 시절에
내 안에 아무도 없을 때
삶이 얼마나 주든 갖든
모든 것이 안갯속이고 벽일 때,

만약 내가 내 안의 파묻힌 곳에서
한순간 이마를 들어
지고 있거나 떠 있는 태양
가득한 먼 수평선을 바라본다면,

나는 다시 살고, 존재하고, 알게 된다.
그리고, 나를 잊게 되는 그 바깥
그것이 비록 환상이라 할지라도,
나는 아무것도 더 원하거나 요구하지 않는다,
나는 너에게 마음을 내준다.

1934. 2. 12.

실바 씨

이발사의 아들이 죽었다,
다섯 살배기 아이.
나는 그의 아버지를 알지—이미 일 년 전부터
내게 면도를 해주며 이야길 나누곤 했지.

그 이야길 내게 했을 때, 내 안에 있는
마음이란 마음은 다 충격을 받았지
나는 어쩔 줄 몰라 하며 그를 안았고,
그는 내 어깨 위로 울음을 터뜨렸어.

이 바보 같고 평탄한 인생에서
난 한 번도 누굴 터놓고 대할 줄 모르는구나,
하지만 맙소사, 나도 인간의 고통을 느낀다고!
그 느낌은 절대 앗아가지 마!

1934. 3. 28.

"모든 아름다움은 하나의 꿈"

모든 아름다움은 하나의 꿈, 아무리 존재한다고 해도.
왜냐하면 아름다움은 늘 그것 이상의 무언가니까.
보이는 너의 아름다움은
나의 곁에 있지 않네.

나로부터 멀리 떨어진, 내가 네 안에서 보는 것, 그것은
내가 꿈꾸는 곳에 살지. 만약 네가 존재한다면
내가 그걸 아는 유일한 이유는
그걸 꿈꾼 게 지금이기 때문.

아름다움이란, 꿈에서 들렸고,
삶으로 넘쳐흐른 음악.
하지만 딱 삶은 아니고,
꿈꾼 삶.

1934. 4. 22.

"우리가 잊고 사는 이 세상에서"

우리가 잊고 사는 이 세상에서
우리는 우리의 그림자들이고
우리가 영혼으로 살아가는 세상에서
우리가 가진 진짜 몸짓들은
이곳에선 표정들이고 징조들이다.

모든 게 밤의 것이고 혼란스럽다
여기 우리 사이에 있는 것은
가려진 채 빛나는 불빛에서
삶이 주는 시선에게로
흩어지는 연기, 투사된 것들.

하지만 하나 또는 다른 것은, 한순간,
잘 보면, 볼 수 있다
그림자와 그 움직임 속에서
어느 게 딴 세상에서 그를 살게
만드는 몸짓의 의도인지를.

그렇게 그는 의미를 찾지
여기서 표정으로 나타나고
상상되고 이해되고
떠난 몸으로 돌아오는
어느 시선의 직관.

그리움을 품은 몸의 그림자,
시간 그리고 공간의 땅에
세차게 던져지는,
놀라운 진실과 이어주는
끈을 느끼는 거짓말.

1934. 5. 9.

"갈매기들이 낮게 난다"

갈매기들이 낮게 난다.
사람들은 비가 올 징조란다.
하지만 아니, 지금은 아닌걸,
그저 땅에 닿을 정도로 낮게 나는
갈매기들일 뿐.

이런 식으로, 기쁨이 있으면
아픔도 온다고들 한다.
어쩌면. 무슨 상관이랴? 이날이
기쁨을 가졌다면,
아픔이 가진 건 뭘까?

아무것도, 그저 미래의 자취.
그게 오면, 난 슬퍼지리라.
당장은 날이 좋고 순수하다.
오늘 미래는 존재하지 않는다.
벽이 하나 있다.

가진 걸 즐겨라, 존재들에 취해서!
미래는 그 자리에 놔두고.
시, 와인, 사상, 여자―
무엇이 됐건, 그게 있다면
네가 가지라고 있는 것.

나중에… 그렇지만 나중에는
나중이 너에게 주는 것이 되어라.
일단은, 받아들이고, 무시하고, 믿어라.
땅 가까이 있어라, 그러나 날면서,
갈매기가 그러듯.

1934. 5. 18.

"내가 죽고 나서"

내가 죽고 나서 네가 나도 모르는
무언가가 된다면, 초원이여,
더 나아질 나를 위한
더 나은 초원들이 있으리.

그리고 여기 보이는 들판의
꽃들이 아름답네,
저 넓은 들판에서는
색깔 있는 별들이 되겠지.

그리고 어쩌면 나의 마음은,
여기서 우리에게 진실을 속이는
광경보다 더 자연다운
저 다른 자연을 보면서,

마침내 가지 위로 날아가 앉는
새처럼, 느낄 수도 있겠지
얼마나 아무것도 아니었던가

이 존재의 비행이란.

1934. 7. 2.

"내 안에 아지랑이 같은 게"

내 안에 아지랑이 같은 게 있어
그것은 아무것도 아니고
대상 없는 그리움을 품지도 않고,
그 어떤 좋음에 대한 바람도 없지.

난 마치 짙은 안개 같은
그것으로 둘러싸여 있어
그리고 마지막 별이 빛나는 게 보여
내 재떨이 끄트머리 위에서.

난 인생을 피워버렸어. 내가 보고
들은 것 전부 얼마나 불확실한지!
온 세상은 미지의 언어로 내게 미소 지으며
펼쳐져 있는 한 권의 커다란 책.

1934. 7. 16.

간극

여신들도 드물게 들어본 그 비밀
그걸 너의 귀에 속삭인 사람은 누구?
비밀을 지키는 동안만 진실인
믿음과 두려움 가득한 그 사랑을…
네게 그렇게 일찍 말해버린 건 누구?

나는 아니야, 난 감히 네게 말 못 하지.
다른 사람도 아니야, 그걸 알 리 없으니.
하지만 네 머리칼을 이마로 스치며
감정을 속삭인 사람은 누구?
누군가일까, 그럴까?

아니면 그저 네가 그걸 꿈꾸고 그런 널 내가 꿈꾼 걸까?
그저 너에 대한 나의 어떤 질투 같은 걸까
나도 모를 꿈 속에서
내가 말할 리 없으니, 말했다고 친
내가 한 척만 했으니, 했다고 친?

아무튼, 너의 귀에 대고
가볍게, 희미하지만 신중하게,
내 안에 자리한 그 사랑,
단 열망은 해도 느끼진 못하는
나의 생각에 지나지 않는 그걸, 내게 말한 건 누구?

그것은 몸도 입도 없는, 하나의 욕망이었어,
너를 꿈꾸는 걸 듣고 너에게 속삭인, 올림포스가
초라해질 정도로 여신들을 들뜨게 하는,
분에 넘치고 말도 안 되는, 영원한 말 한마디.

1934. 8. 10.

"어느 날 누군가 너의 문을"

어느 날 누군가 너의 문을 두드리면서
내가 보낸 밀사라고 말한다면,
믿지 말기를, 그게 심지어 나라고 해도.
나의 헛된 자존심은 천국의 비현실적인
문조차 두드릴 자세가 안 되어 있으니.

하지만 만약, 자연스럽게, 누군가 두드리는 걸
듣지 않고도, 네가 문을 열었고 거기서
두드릴 마음을 먹으려는 듯한 누군가를
발견한다면, 잠시 고민을 해보렴. 바로 그게
나의 심부름꾼이자, 나, 그리고 이제는
절실해진 내 자존심의 행동일 테니.
너의 문을 두드리지 않는 자에게 열어줘!

1934. 9. 5.

"너에게 모든 걸 말한 사람에겐"

너에게 모든 걸 말한 사람에겐 아무 말도 하지 마
모두, 이 모두란 걸 절대 말하지 않는 법이니…
벨벳으로 만들어진 이 말들이란
아무도 그 색조를 알지 못하지.

너에게 영혼을 준 사람에겐 아무 말도 하지 마…
영혼은 주는 게 아니니까. 고백이란 건
단지 우리가 말하는 걸 듣다가
평온을 얻기 위해 만들어진 것.

모든 건 부질없고 게다가 거짓말이지.
그건 어린애가 길가에 놓아본 팽이지
그저 보려고, 어떻게 돌아가는지.
그거 돌겠지. 아무 말노 하지 마.

1934. 10. 11.

자유

천장에 닿을 만큼 책장을 채우는 온갖 연설문과 연대기들이
게을러 빠진 한 인간의 집을 장식하니.
―세네카

아 이 기쁨
해야 할 일을 안 한다는 것,
읽을 책이 있는데
제껴버리기!
읽는 건 귀찮은 일,
공부는 아무것도 아니야.
태양은 찬란하지
문학 없이도.
강은 흐르지, 좋든 나쁘든,
원본 없이도.
그리고 산들바람, 그것도,
그렇게 자연스럽게 아침 같은 그것도,
시간이 있으니 서두르지 않지.

책이란 건 잉크로 칠해진 종이들.
공부란 무(無)와 아무것도 아닌 것 사이의
차이에 차이가 없는 것.

흐릴 때면, 세바스티앙 왕*을 기다리기가
얼마나 더 좋은가,
오든 안 오든!

위대하지, 시, 선의(善意) 그리고 춤들은…
하지만 세상의 으뜸은 어린이들,
꽃들, 음악들, 달, 그리고 태양, 오로지
자라는 대신, 말라버릴 때만 죄짓는 것들.

이보다 더한 것은
예수 그리스도,
금융에 관해선 아무것도 몰랐고
서재도 없었던 걸로 알고 있는…

1935. 3. 16.

---

* Dom Sebastião(1554~1578): 1557년에서 1578년까지 재위한 포르투갈의 왕으로 그가
죽은 뒤 포르투갈에는 그가 살아 돌아와 스페인의 압제에서 포르투갈을 구할 거라는 이
른바 '세바스티앙주의'가 퍼졌다.

"사랑이야말로 본질적인 것"

사랑이야말로 본질적인 것.
섹스는 그저 우연.
같은 것일 수도 있고
다를 수도.
인간은 동물이 아니다,
지능을 갖춘 살덩이,
가끔 병들긴 하지만.

1935. 4. 5.

"푸름, 푸름, 푸름"

푸름, 푸름, 푸름, 바닷가의 하얀
해변에서 바다가 잠잠해지네
오로지 밝고 오래된 이 소리만
이 시각의 명징한 침묵 속에 속닥거리네.

나머지 ─ 고요, 그리고 가는 수평선에서
짙은 안개 혹은 아지랑이 혹은 환상
하늘과 물인 저 넓은 푸르름 속에
하나의 부질없는 간극과도 같은.

내 안에서 평정을 찾네, 보는, 보는, 보는 데서
오는 이 불안함, 오래된 아픔
살아 있음을 느낌에서 오는,
욕망할 수 없음에서 오는,
우리 친구 영혼을 가지지 못함에서 오는.

아, 그러나 이 고통,
변화무쌍한 의식으로 가득한,

삶과 사랑에 궁핍한 그것은
너무도 오래됐지, 마치 바다처럼
그리고 조수(潮水)도 있지,
재시작을 위해 멈추지
다시 한 번.

난 인생으로 뭘 했나?
인생은 나로 뭘 했나?
얼마나 많은 행복들을 몰랐거나 버렸나!
얼마나 많은 시작들이 끝이 없었나!

이 물들과 하늘 앞에서 내가 무엇을 느끼냐고?
아! 그저 나의 것인 마음뿐…

그리고 내가 지켜보는 갑작스러운 푸르름 속
바다, 오래된 바다에서,
빠져들던 꿈에서 깨어났네,
희미하게 쓰다듬는 손길 하나, 보기 드문 미소 하나가 있어

말을 거는 것만 같네
쾌락과 고통 너머의 어떤 평화로움에 대해
참과 거짓을 초월하는
어떤 새로운 사랑에 대해.
그리고, 모든 것에서 깨어나,
감각이 자연스러운 잠을 자고 있던 나는,
그래서 듣지 못하고 있던 거지만,
맑고 청량한, 파도 소리를 듣네, 그리고
내 마음을 지나가는 산들바람,
나는 손을 바다에게로 뻗고
바다도 내게 뻗네, 자기의 손, 거품을.

1935. 4. 9.

「리마의 저녁」*

라디오 소리가 들려오고
끄는 듯 천천히 텅 빈 목소리가 전한다,
"이어지는 곡은
「리마의 저녁」…"

나는 미소를 그친다…
내 심장은 멈춘다…

그리고, 갑자기,
그 사랑스럽고도 저주받은 멜로디가
의식 없는 기계에서 터져 나오고…
갑작스럽게 자리하는 어느 기억 속에
나의 영혼이 길을 잃는다…

커다란 아프리카의 달이

---

* 벨기에의 작곡가 펠릭스 고드프루아Félix Godefroid의 동명곡(Un Soir a Lima,
Sérénade, Op. 99). 페소아의 가족이 남아프리카공화국 더반에서 지낼 때 페소아의 어
머니가 종종 피아노로 이 곡을 연주했다고 한다.

우거진 비탈에 하얗게 아른거린다.

우리 집 거실은 널찍했다. 그리고
그 위치로부터 바다에 이르기까지 모두
거대한 달의 환한 어두움 속에 빛나곤 했지…
하지만 오로지 나만, 창문가에.
나의 어머니는 피아노 앞에 앉아
연주를 하곤 했지…
다름 아닌
「리마의 저녁」을.

신이시여, 이것은 얼마나 멀고, 잃어버린 것인가!
그녀의 기품은 무엇이 되어 있는가?
한결같이 상냥한 그녀의 목소리?
정답고 기운찬 그녀의 미소?
아직 남아 있어서
나를 회상하게 하는 것은 지금 들려오는,
「리마의 저녁」.

계속해서 라디오에서 나오는
같은, 같은 멜로디
바로 「리마의 저녁」.

희끗희끗한 그녀의 머리칼은 어찌나 아름다운지
빛 아래서
돌아가시리라곤 한 번도 생각해본 적 없는 나
나를 지금의 나에게 맡겨두고서!
돌아가셨지, 하지만 나는 언제나 그녀의 아들.
자기 어머니에게 남자인 사람은 아무도 없지!

*

그리고 흐르는 눈물 속에서도
내가 가진 기억은 틀리지 않는다
완벽한 그 옆모습의
메달처럼 흠결 없는 윤곽.
늘 어린아이 같은 나의 마음이,

운다, 어머니, 로마스럽고 이미 희끗희끗한, 당신을 기억하노라니.
건반에 올려진 당신의 손가락을 본다 그리고
저 바깥에 달이 영원히 내 안에 있다.
내 마음속에서, 당신은 끝없이 친다,
「리마의 저녁」을.

*

"애들은 바로 잠이 들었니?"
"그럼, 바로 잠들었지."
"애는 거의 잠들려고 하네."
그리고 당신은, 대답을 하면서 미소를 짓고는, 계속해서
연주를 이어나갔다―
정성껏 쳐나갔다―
「리마의 저녁」을.

내가 아무도 아니었을 때 나였던 모든 것,
내가 사랑했던 모든 것, 그리고 지금

그 어떤 현실로도 통할 길이 없기에,
그로부터 그리움 이상은 가진 게 없기에
내가 정말로 사랑했음을 아는 것 —
그 모든 게 내 안에 살아 있다
빛으로, 음악으로 그리고
끝이 없는 장면으로
내 가슴속 영원한 이 시간,
그 안에서 당신은 연주하던 음악의 비현실적인
페이지를 넘기곤 했고
나는 당신을 들으며 또 바라보곤 했지
계속해서
이 향수의 영원히 깊은 곳에
자리한
영원한 멜로디
어머니, 당신이 연주를 하는 동안
「리마의 저녁」을.

그리고 그 무심한 기계가

무의식적으로 방송을 전했지
「리마의 저녁」을.

당시에 난 내가 행복한 줄도 몰랐어.
지금은, 그랬다는 걸 잘 알지, 이제는 아니기에.

"얘도 잠이 들었네…"
"안 들었어."
우린 모두 미소 지었고
나는 마음이 흩어진 채
계속해서 들었지,
저 바깥에서 힘들고 고독하게 뜬
달로부터 멀리 떨어져서,
나도 모르게 꿈꾸게 만드는 그것을,
지금은 나를 아리게 만드는 그것을,
목소리 없이, 부드럽게 건반을 두드리는
나의 어머니가 치던 그 곡―
「리마의 저녁」을.

*

지금 여기 서랍 안에 없다는 게,
지금 여기 주머니 안에 없다는 게,
닫혀 있는, 존재하던, 완벽했던,
그 모든 풍경!
공간에서, 시간에서, 인생에서
뽑아올 수 없다는 게
그리고 소유한 채로 둘 수 있는 영혼의
어느 장소에
영원히
산 채로, 따뜻한 그대로,
격리할 수 없다는 게
그 거실을, 그 시간을,
존재하는 모든 가족과 평온함과 음악을
거기 있는 듯이 생생하게
아직도, 지금도,

어머니, 어머니, 당신이 연주할 때
「리마의 저녁」을.

어머니, 어머니, 나는 당신의
교육 속에 그토록
말 잘 듣는 아이였는데
지금의 나는 운명에 의해
돌돌 말려 바닥 구석에
던져진 걸레.

나는 누워 있지, 한심하게,
하지만 내가 존재하는 만큼 들은,
집, 아이, 애정의 손길에 관한 기억이,
소용돌이 속에서
나의 마음에 떠오른다,
내가 들은 것을 회상하면서, 오늘, 아 신이여, 홀로,
「리마의 저녁」을.

그 시간, 그 집, 그 사랑이 있는 곳은 어디인가
어머니, 어머니, 당신이 치곤 할 때
「리마의 저녁」을?

그리고 커다란 의자의 귀퉁이에
나의 여동생,
조그맣게 움츠려들어
자는지 안 자는지 모른다.

*

나는 온갖 악한 것이었지!
나란 사람을 무던히도 배신했지!
섬세한 추론가의
목마른 내 영혼은
얼마나 자주 장황하게 방황했던가!
얼마나 자주, 심지어는 생각까지
무심하게 나를 속였는가!

내겐 가정이 없으니,

그 시절의 집에 관한

그 장면 속에

있을 수 있게 해다오.

들을 수 있도록, 듣도록, 듣도록―

창문가에서 내가

느끼는 것을 절대 멈추지 않도록,

이 거실에서, 우리 거실에서, 뜨겁고

드넓은 아프리카의 달이

저 바깥에서 커다랗게 초연히 떠 있는 곳

선하지도 악하지도 않은

그리고 그곳, 나의 마음속에

어머니, 어머니

당신이 생생하게 연주하네,

영원토록 연주하네

「리마의 저녁」을.

*

나의 의붓아버지
(대단한 사람이었지! 영혼도! 마음도!)
가장 큰 안락의자에
운동선수처럼 다부지고 침착하고
건장한 몸을 기울이며
담배를 피우거나 생각에 잠긴 채, 듣곤 하던
그의 푸른 시선에는 색채가 없었지.
그리고 나의 여동생, 어린아이,
자기 안락의자 구석에서 몸을
동그랗게 말고, 졸면서 듣다가
미소 짓곤 했지
어쩌면 춤곡이었을 누군가의
연주에…

그리고 나는, 선 채로, 창문가에서
전 아프리카의 모든 달빛이 풍경과

나의 꿈에 넘쳐흐르는 걸 보곤 했어.

이 모든 게 어디에 있을까!
「리마의 저녁」,
부서져라, 마음아!

*

하지만 나는 얼떨떨하다.
내가 보는지, 잠드는지 모르겠다,
내가 과거의 나인지,
기억나는지, 잊어버리는지도 모르겠다.
어렴풋한 무언가가 지금의 나와
과거의 나 사이를 흐른다
그것은 강, 혹은 산들바람, 혹은 꿈결 같은,
예상치 못한, 그러다가도
갑자기 멈추는 무언가이다
그리고 그 끝이 보이려던 깊은 곳에서,

점점 더 분명하게, 떠오르는,
향수 그리고
부드러움의 후광 속에서
아직도 내 마음이 자리한 그곳,
한 대의 피아노, 한 사람의 모습, 하나의 그리움…
나는 이 멜로디에 기대어 잠든다—
그리고 듣는다, 이미 입가에는 눈물의 소금기를 머금고,
나의 어머니가 치는 것을,
「리마의 저녁」을.

*

눈물의 막에도 눈은 멀지 않는다.
나는 본다, 우는 와중에도,
이 음악이 내게 가져다주는 걸—
한때 계셨던 어머니, 오래된 집,
한때 나였던 어린아이,
흐르기에, 시간의 공포,

죽일 뿐이기에, 인생의 공포.
나는 본다, 그리고 잠든다,
그리고 나마저 잊는 무감각 상태로
어머니가 연주하는 것을 본다.
이젠 영영 날 쓰다듬지 못할 애정 어린
저 하얗고 작은 두 손이,
피아노를 치는 걸, 조심스럽고 고요하게,
「리마의 저녁」을.

아, 이 모든 게 선명하게 보인다!
나는 또다시 그곳에 있다.
나는 바깥의 낯선 달을 보던
시선을 거둔다.

그래서 뭐? 난 횡설수설하고, 음악은 멈춘다…
항상 새듯 그렇게 옆길로 샌다
영혼 속에 내가 누구인지 확신도 없이,
진정한 믿음도 굳건한 법칙도 없이.

몽상에 빠진 채, 기억과 방치의 아편 속에
나는 나만의 영원들을 창조한다.
상상 속 여왕들을 옹립한다
그녀들을 위한 왕위도 없으면서.

나는 꿈꾼다, 왜냐하면
잘못된 음악의 비현실적인 강에서 헤엄치기에.
나의 영혼은 어두운 모퉁이에서 잠자는
누더기 걸친 아이.
확실하게 깨어난 현실 속에서
내가 가진 거라곤 오로지,
버려진 내 영혼의 누더기들과
벽에 맞대고 꿈을 꾸는 머리뿐.

하지만 어머니, 그런 것은 없을까
이 전부가 허무가 되지 않게 해줄 신은,
이것들이 아직도 남아 있는 다른 세상은?

아직도 횡설수설이다, 모든 게 환상이다.

「리마의 저녁」…

부서져라, 마음아…

1935. 9. 17.

조언

네가 꿈꾸는 사람을 커다란 벽들로 둘러싸라.
그러고 나서, 대문의 쇠창살을 통해
정원이 보이는 곳에다,
가장 유쾌한 꽃들을 심어라,
너란 사람도 그렇게 여겨지도록.
아무도 안 보는 곳엔 아무것도 심지 말고.

다른 사람들이 가진 것처럼 화단을 꾸며라,
남들에게 보여줄 너의 정원
눈길들이 들여다볼 수 있는 그곳에.
하지만 네가 너인 곳, 아무도 안 볼 곳에는,
땅에서 나는 꽃들이 자라게 놔두어라
그리고 잡초들이 무성하게 놔두어라.

너를 보호된 이중의 존재로 만들어라,
그래서 보거나 응시하는 그 누구도
너라는 정원 이상은 알 수 없도록—
속마음 모를 겉치레 정원,

그 뒤에 토박이 꽃에 스치는
너무 초라해서 너조차 못 본 풀…

1935년 11월 출판.

"병보다 지독한 병이 있다"

병보다 지독한 병이 있다.

아프지 않은 아픔도 있지, 영혼조차 안 아파,

그런데 다른 아픔들보다 더 심하게 아픈.

꿈꾸긴 했지만 현실인 삶이 가져오는 것보다

더 현실적인 고통이 있지, 그리고 그런 감각도 있어

상상하는 것만으로도 느껴지는 것들

우리 삶보다도 더 우리 것인 것들.

얼마나 많은 것들이 있는지, 존재하지 않으면서도,

존재하고, 느지막이 존재한다,

그리고 느지막이 우리의 것이다, 바로 우리이다…

넓은 강 흐릿한 신록 위로

갈매기들의 하얀 굴곡…

영혼 위로 부질없는 날갯짓

과거에도 아니었고 앞으로도 될 수 없는, 그리고 그게 전부.

포도주나 한잔 더 주게, 인생은 아무것도 아니니.

1935. 11. 19.

2부

고등 불가지론

강력한 율법은 독단의 산물이었고
비판들도 더 행복하진 못했다.

"난 아무것도 모른다." 결국 **불가지론자**는 말했다…

난 더 모른다, 아무것도 모르는지도 모르니까.

1908. 11. 15.

신(神)—너머

I

심연

테주 강을 바라본다, 나의 보고 있음이
보는 걸 잊는 그런 방식으로,
그리고 공상을 하던 나를
갑자기 이 질문이 때린다—
강-되기란, 흐른다는 건 대체 뭘까?
나의 여기-있음은, 보고 있음은 대체 뭘까?

갑자기 내가 작게 느껴진다,
그 순간, 그 장소가 텅 빈다
모든 것이 갑자기 공허하다—
나의 있음과 생각함조차도.
모든 게—나와 나를 둘러싼 세계—
외부 세계 그 이상이 된다.

존재를, 잔여를 잃는다,

그리고 생각에서 나는 사라진다.
연결할 힘이 없다
존재와, 생각과, 내 이름으로 된
영혼과, 땅과 하늘을…

그리고 갑자기 신을 마주한다.

II
지나갔다

그것은 지나갔다, 언제와,
왜와 **지나감**의 바깥으로…,

미지의 소용돌이,
소용돌이를 거치지 않은…,

광활함 바깥의 광활함

존재함 없이, 스스로를 아연케 하는…

온 우주는 그것의 자취…
신은 그것의 그늘…

III
신의 목소리

한밤중에 목소리 하나가 빛난다…
바깥의 안에서 나는 들었다…
오 우주여, 너인 나…
오, 기쁨의 공포
횃불의, 이 무서움
꺼지면, 나를 인도하는!

생각의 잿더미 그리고 내 안의
이름, 그리고 그 목소리: 오 세상이여,

네 안에서 나는 나…
나의 메아리뿐, 나는 검은 불빛의
파도 속에 잠겨버린다
신에게로 내가 가라앉은 속에.

IV

타락*

나의 세계관이
　　　　무너진다…
깊이 저편에 텅 빈,
나도 저기도 없이…

자아 없이 텅 빈 채, 어떻게
존재할지 고안되는 카오스…

---

* 종교적 심상이 짙은 문맥으로 봐서 단순 '추락'이라기보다는 성서의 '타락'을 의미한 것
으로 보인다.

디딤대 없는 절대의 사다리…
사람이 볼 수 없는 광경…

신-너머! 신-너머! 검은 평온…
미지의 섬광…
모든 게 다른 의미를 지닌다, 아 영혼아,
어떤-의미-지님 그 자체도…

V
검을 휘두르는
몸 없는 팔

나무와 그것을 보는 것 사이
꿈은 어디에 있을까?
어떤 다리의 아치가 더 많이 가리나
신을…? 나는 침울해진다
다리의 곡선이

지평선의 곡선인지 모르기에…

사는 그것과 삶 사이에
어느 쪽으로 강은 흐르는가?
잎사귀로 차려입은 나무―
이것과 나무 사이에 끈은 있나?
날아가는 비둘기들― 비둘기장은
항상 그들 오른편에 있나, 아니면 진짜인가?

신은 커다란 간극,
하지만 무엇과 무엇 사이의…?
내가 말하는 것과 침묵하는 것 사이
나는 존재하는가? 나를 보는 이는 누구인가?
나는 방황한다… 그리고 올려진 비둘기장은
암비둘기 주위에 있나, 아니면 그 곁에?

1913. 1~3.

습지들*

내 금빛 영혼을 갈망들로 비벼대는 습지들…

다른 종들의 먼 종소리… 황금색 밀밭이 창백하다

노을의 잿더미 속에서… 내 영혼으로 육욕의 한기(寒氣)가 흐른다

이렇게나 한결같구나, 시간이여…! 야자수 꼭대기들에서 흔들린다…!

잎사귀들이 응시하는 우리 안의 침묵… 가느다란 가을

희미한 새의 노래의… 침체 속에, 잊힌 푸름

아 시간 위에 발톱을 물리는 갈망의 함성은 어찌나 고요한지!

나의 경탄은 우는 것 이외의 것을 얼마나 열망하는지!

두 손을 저 너머로 뻗쳐보지만, 뻗치면서 난 이미 본다

내가 욕망했던 그것이 원했던 그것은 아님을…

불완전한 심벌즈… 오 그토록 오래된

시간 — 스스로로부터 추방하는 시간! 침범하는 후퇴의 물결

기절할 때까지 계속되는 나 자신으로의 도피,

그리고 현존하는 나에게 그토록 몰두하여, 마치 내가 망각된 듯…!

---

* 이 시는 페소아가 창안한 여러 문학 사조 중 하나인 '파울리즘Paulismo'(직역하면 '습지주의' 또는 '늪주의')의 전범이 된 시로 그가 창간한 전위 문예지 『오르페우Orpheu』에 발표되었는데, 독자를 혼란시킬 목적으로 쓰였기 때문에 의미론적인 이해보다는, 상징들의 낯선 배치와 시각적 효과에 주목하는 독해가 일반적이다.

있었음이 없는, **가짐**이 부재한, 후광의 유체…

신비는 다른 존재가 되는 나를 안다… 무한 위에 월광…

보초병은 꼿꼿하다— 창은 땅에 딛고서

그것은 그보다 더 높다… 이 모든 게 다 뭘 위해서인가… 평범한 하루…

엉뚱한 덩굴식물들이 **시간**으로 저 바깥들을 핥고 있다…

지평선들은 오류의 연쇄들인 공간으로 눈을 감는다…

미래의 고요들의 아편 합주들… 멀리 떨어진 기차들…

나무들 사이로… 멀리 보이는 문들… 그토록 무쇠의!

1913. 3. 29.

십자가의 길*

X

무한의 높이에서 내게 일어난
이 인생. 짙은 안개 사이로,
나 자신의 고독한 첫번째 연기로부터,
나는 이겨왔다, 그리고 간헐적 불빛과 그림자의

낯선 의식들, 그리고 먼 곳으로부터의
텅 빈 외침들, 그리고 미지의 고독에서
출현하는 행인들, 신적인
발광체들을 통해, 윤기 없이 박탈당한 이 존재…

나였던 과거들에 비가 내렸다.
낮은 하늘과 눈 내린 평원이 있었다
나의 것인 어떤 영혼의 어떤 것 안에.

---

* '슬픔의 길' 혹은 '고난의 길'로 불리기도 하며, 빌라도 법정에서 골고다 언덕에 이르는
  예수의 십자가 수난의 길을 말한다. 이 길에는 각각의 의미를 지닌 14개의 지점이 있어
  서 이 시도 14부로 구성되었는데, 그중에서 일부분을 발췌해 옮겼다.

난 그림자 속에서 독백을 했고, 아무 의미도 찾지 못했다.
오늘은 그 사막이 있던 곳을 안다 신이 갖고 있던
먼 옛날 망각의 수도……

XI

내가 묘사하는 사람은 내가 아니다. 나는 하나의 화폭이고
숨은 손이 내 안에 있는 누군가를 색칠한다.
그것을 잃어버리는 연결고리에 영혼을 놓아두고
나의 원칙이 꽃을 피우며 완성된다.

지루함이 내 안에서 얼어붙는다 한들 뭐 어떠랴,
그리고 가벼운 가을, 경사(慶事)들, 그리고 상아,
그리고 꿈에 나오는 수자(繻子)로 된 천개(天蓋)의
베일로 가려지는 영혼의 합일?

나는 흩어진다… 그리고 시간은 부채처럼 스스로를 접는다…
나의 영혼은 바다의 깊이를 지닌 호(弧)…
지루함? 아픔? 삶? 꿈? 두어라…

그리고, **부활** 위에서 날개를 펼치며,
비상(飛翔)을 시작한 쓸쓸한 그림자가
버려진 들판에서 반짝반짝거린다……

1913~16

미라

I

나는 내 생각 속에서
기나긴 그림자를 걸었지.
맥락 없는 나의 게으름은
거꾸로 꽃을 피웠고,
위태로운 벽감(壁龕)* 속의
등불들은 꺼져버렸지.

모든 것이 부드러운
사막으로 변하려 한다
이것이 내 눈이 아닌,
벽감의 벨벳에 닿는
손을 통해 보인다.

─────────────

* 서양 건축에서 장식을 목적으로 벽면을 부분적으로 움푹하게 판 곳으로, 주로 조각이나
장식품을 놓지만, 좌석으로 만드는 경우도 있고, 아무것도 놓지 않고 장식 혹은 건축 모
티프로 삼는 경우도 있다.

불확실 속에 오아시스가 하나 있다
그리고 균열의 부재로 인한
빛의 기미에
대상(隊商) 하나가 지나간다.

갑자기 나는 잊어버린다
공간은 어떤 것인지를, 그리고 시간은
수평인 대신에
수직.

　　벽감은
나도 모를 곳으로 내려간다
찾을 수 없는 곳까지.
나의 감각들에서
가벼운 연기가 올라온다.
나를 내게서 포함시키는 걸
그만둔다. 이-안이란 것도
저-바깥이란 것도 없다.

그리고 이제 사막은
뒤집혀 있다.

나를 움직인다는 생각이
내 이름을 잊게 만든다.

나의 몸이 영혼에서 날 짓누른다.
내가 커튼처럼 느껴진다
누군가 죽어 누워 있는
거실에 걸린.

무언가가 떨어졌고
무한 속에서 쨍그렁 울렸다.

II

클레오파트라가 그늘 속에서 죽어 누워 있다.
비가 온다.

배에 깃발을 잘못 달았다.
끝없이 비가 내린다.

무엇하러 머나먼 도시를 바라보는가?
너의 영혼이 머나먼 도시인데.
차갑게 비가 내린다.

한 어머니가 죽은 자식을 품에 안고 흔들 듯—
우리 모두 죽은 자식을 품에서 흔든다.
비가 내린다, 내린다.

너의 지친 입술에 남은 슬픈 미소,
반지를 가만히 못 두는 네 손가락들을 나는 본다.

비는 왜 오는가?

III

나의 두 눈 사이로 엿보고 있는
저 시선은 누구의 것인가?
내가 보는 걸 의식할 때,
내가 생각하는 동안
계속 보고 있는 이는 누구인가?
나의 슬픈 걸음들 말고,
내가 나 자신과 발걸음을
맞추는 이 현실은
어느 길들을 따라가는가?

가끔은, 내 방의
어스름 속에, 내가
내 영혼에서조차

희박하게 존재할 때,
우주는 내 안에서
다른 의미를 지닌다—
그것은 사물에 대한 나의 생각을
스스로 의식하면서 윤곽이
선명해지는 얼룩.

촛불이 켜진다면
그리고 바깥—
어느 거리 어떤 전등불에
켜져 있는지 모르겠는—
희미한 불빛조차 없다면
나는 침침한 욕망을 가지리
온 세상 그리고 인생에서
나의 현재 인생인
어두운 이 순간 이외에
더 이상은 아무것도 없기를.

존재의 망각으로
영원히 흘러가는
강이 범람하는 순간,
의미라고는 전무한
황무지들과 아무것에게도
아무것도 되지 않는 것
사이의 신비로운 공간.

그렇게 시간은 흐른다
형이상학적으로.

IV

나의 근심들이 계단 아래로
굴러떨어진다.
나의 욕망들은 수직의 정원
한가운데서 좌우로 흔들린다.

그 위치는 미라 속에서 한 치 오차도 없이 정확하다.

먼 음악,
지나치리만치 먼 음악,
인생이 지나가도록 그리고
거두는 손이 동작을 잊도록.

V

왜들 내가 통과하도록 길을 열어주는 것인가?
너무나 의식적으로 가만히 서 있어, 그들 사이를 통과하는 게 겁난다,
가면들을 벗을까, 그들을 뒤에 두고 오는 것도 겁난다,
하지만 나의 뒤에는 항상 무언가가 있다.
그들의 눈 없는 응시를 느끼면서 나는 몸서리친다.

움직임도 없이 벽들이 내게 의미를 진동시킨다.

의자들이 내게 목소리도 없이 이야기를 한다.
탁자에 있는 천의 그림이 살아 있고, 그 하나하나가 모두 심연이다.
보이지 않게 보이는 입술들로 미소 지으며 빛나고
문이 의식적으로 열린다
손은 열리는 경로일 뿐.

대체 어디에서들 날 보고 있는가?
어떤 것들이 시력도 없이 날 보고 있는가?
누가 모든 곳에서 엿보고 있는가?

모서리들이 나를 응시한다.
매끄러운 벽면들이 정말로 미소 짓는다.

오로지 나의 척추로서 존재하는 감각.

검들.

1914~17

마지막 주술

"이미 오래된 주문을 되풀이했지,
위대한 여신은 눈앞에 나타나길 거부했어.
난 반복했지, 드넓은 바람이 잦아든 사이에,
영혼이 풍요로운 기도를.
심연도 주지 않았고 하늘도 보여주지 않았지, 아무것도.
그저 바람만이 돌아왔지 나 있는 곳에, 온전히 혼자,
그리고 모든 게 혼란스러운 세계에서 잠들지."

"옛날에 내 마력은 들장미를 도취시켰지
그리고 나의 강신(降神)은 대지를 일으켰어
흩어져 있던 가운데 집중된 존재들을
자연 그대로의 형태로 잠자는.
한번은 나의 목소리가 일어났어.
내가 부를라치면 요정들과 엘프들이 보이곤 했고
숲의 잎사귀들도 반짝거렸지."

"나의 마술 지팡이, 그걸로 마음껏
본질적인 존재들과 이야기했었건만,

더 이상은 내 현실을 알지 못하네.
이제는, 원을 그려봐도, 아무것도 없네.
낯선 바람이 죽어가는 한숨을 쉰다 아아,
그리고 덤불 저편에 뜬 달에게 나는
숲이나 길 이상은 아무것도 아니지."

"재주로 사랑받다가 그게 이제 내게서 사라졌네.
더 이상 나를 삶의 형식과 목적으로 탈바꿈하지 못한다,
그것들을 찾는 동안, 나를 찾아낸 그것들.
이미, 해변, 바다의 팔들은 나를 잠그지 못하고.
인사 받는 태양 앞으로 솟아오르는 나도 보지 못하네,
혹은, 마술의 환희 속에 잃어버린 것도,
달빛 아래, 깊은 동굴의 입구에."

"더 이상 성스러운 지옥의 힘들은,
신들이나 운명 없이 잠든 그것들은,
사물의 본질에서 똑같은 그것들은,
내 목소리도 그들의 이름도 듣지 못하지.

그 음악은 나의 찬가에서 출발했는데.
나의 영적인 분노도 더 이상 신적이지 않고
나의 생각하는 몸도 더 이상 신이 아니네."

"그리고 검은 우물 속의 머나먼 신들,
내가 너무도 자주, 창백하게, 소란 속에
사랑의 분노로 불러낸 그들이
오늘은, 불러내지 않았는데 내 앞에들 있네.
알다시피 사랑하지 않으면서 그들을 불렀었는데,
이제 내가 사랑을 안 하니 그들을 가졌구나, 그리고 난 알지
그들이 취해버릴 나의 팔아버린 존재를."

"하지만, 너, 태양이여, 내 먹잇감이었던 네 금빛,
너, 달, 내가 귀의시킨 네 은빛,
나의 욕구로 그토록 자주 소유했던, 그
아름다움을 이제 더 이상 내게 줄 수 없다면,
적어도 나의 종결된 존재를 갈라다오—
내 본질은 그 자체로 잃게 두고,

오로지 나 없는 내 몸만 영혼과 존재로 남으라!"

"내 마지막 마술이 나를 변하게 만들기를
살아 있는 몸의 내 조각상으로!
나인 사람이 죽더라도, 내가 만들었고 있었던 그 사람
입을 맞추던 익명의 존재는,
사로잡힌 나의 추상적 사랑의 육신은,
내가 부활하는 그곳에서, 나의 죽음이어라,
그리고 내가 그랬던 것처럼, 아무 존재도 아닌 채, 나여라!"

1930. 10. 15.

전수(傳授)

너는 사이프러스 나무들* 아래에서 잠자지 않는다.
왜냐하면 이 세상에 잠이란 건 없으니.
....
육체는 옷들의 그림자
너의 깊은 존재를 감추는.

찾아오는 밤, 그것은 죽음
그림자는 존재한 적 없이 사라진다.
무심코 너는 밤으로 나아간다,
너와 똑같은 실루엣만으로.

그러나 경이의 여관에서는
천사들이 너의 망토를 벗긴다,
넌 어깨에 망토도 없이 계속 나아간다
거의 걸친 것도 없다시피 한 채.

---

* 사이프러스는 포르투갈에서 주로 묘지에 심는 나무이다.

그러고서는 대로의 대천사들이

네 옷을 벗기고 벌거숭이로 만든다.

너는 옷도 없고, 아무것도 없다,

너는 그저 너라는 몸뚱어리뿐.

마침내 동굴 깊은 곳에서,

신들이 너를 한 겹 더 벗겨낸다.

너의 몸이, 외부의 영혼이, 멈춘다,

그러나 넌 그들이 너와 동일자들임을 본다.

. . . .

너의 옷들의 그림자가

우리 사이의 운명 속에 머문다.

너는 사이프러스 나무들 사이에 죽어 있지 않다.

. . . .

입문자*여, 죽음이란 없다.

1932. 5. 23.

---

* 막 세례를 받은 새로운 신자. 신개종자(新改宗者) 또는 신귀의자(新歸依者).

기독교 장미십자회의 무덤에서

우리는 여태 신중하고 지혜로운 우리
아버지의 시신을 보지 못했다.
그래서 우리는 제단을 다른 쪽으로 옮겼다.
그러자 우리는 노란색 철판을 들 수 있게 되었는데, 그 아래
걸출하고도 아름다운 몸이, 썩지 않고 온전히 남아 있었다…,
그 손에는 작은 양피지 책이 들려 있었는데,
금박으로 쓰인, T.라는 제목이 붙어 있었다.
이는 성경 이후, 우리의 가장 위대한 보물로
세상으로부터 쉽게 검열 받아서는 안 될 것이다.

—장미십자회 형제의 전설(Fama Fraternitatis Rosae Crucis)

I

이 꿈, 그러니까 삶, 에서 깨어나,
우리가 누구인지 그리고
육신에 이르기까지의 타락, 우리의
영혼을 가로막는 밤으로의 하강이 뭔지 알게 되면

우리는 깨닫게 될까, 존재했거나
흐르는 숨겨진 모든 진리를?
아니, 자유로운 **영혼**조차도 모른다…
우리를 창조한 신조차도, 그 안에 지니지 못했다.

신은 더 높은 신의 **사람**이다,
지고의 아담, 그도 타락을 겪었다,
우리의 **창조자**도 우릴 창조했듯이,

그 역시 창조되었고, 진리는 그 안에서 죽어버렸다…
심연, 그의 정신이, 그것을 저 너머에서 가로막고,
이 아래 세계, 그의 몸 안에는 그것이 없다.

II

그러나 태초에는 **말씀**이었다, 여기 버려진
이미 꺼져버린 무한한 빛이, 카오스,
존재의 땅에서 그림자에게로 들어 올려졌을 때
부재한 말은 어둠에 가려져버렸다.

하지만 만약 영혼이 자기의 모습이 아니라고 느낀다면,
그림자인 자기 속에서, 결국은 빛나는

이 세계의 말을 보게 된다, 인간적이고 도유(塗油)된,
완벽한 장미, 신 안에서 십자가에 못 박힌.

그러면, 천국의 문턱의 여러분,
우리는 신들 너머를 찾으러 갈 수 있으리
주(主)의 비밀과 깊은 선을,

여기서뿐만 아니라 이미 우리 자신에게서 깨어나서,
예수의 실재하는 핏속에서 마침내 우리는 자유롭다
세계의 생성을 죽이는 신으로부터.

III

아, 하지만 여기, 비현실적인 우리 방황하는 그곳에,
우리는 우리인 것을 잠잔다, 그리고 진실을,
결국 꿈속에서 보는 거라 해도,
우리는 본다, 꿈속이라서, 거짓으로.

몸을 찾는 그림자들, 그것들을 우리가 찾는다 해도
그 실재함을 어떻게 감각한단 말인가?
그림자의 손들로, **그림자들**로서, 무엇을 만진단 말인가?
우리의 건드림은 부재요 공허인데.

이 닫힌 **영혼**에서 우리를 해방시킬 자는 누구인가?
보지 않고도, 우리는 존재의 방 너머에서
듣는다, 하지만 어떻게, 여기서, 문이 열리는가?
······································
거짓 죽음 속에 평온히 우리에게 노출된,
가슴을 누르는 닫힌 **책**,
우리의 **장미십자 아버지**는 알면서 입을 다문다.

1935. ?

『시가집*Cancioneiro*』*
── 페소아 자신의 이름으로

1. 리스본의 시인, 페르난두 페소아

페르난두 안토니우 노게이라 페소아(Fernando António Nogueira Pessoa, 1888~1935)는 포르투갈의 시인으로, 일생 동안 70개를 웃도는 이명(異名) 및 문학적 인물들을 창조해 포르투갈어, 영어 및 프랑스어로 각기 다른 문체를 구사하며, 시, 소설, 희곡, 평론, 편지, 일기 등 다양한 분야의 글을 썼다.

페소아 스스로 작성한 이력서에 따르면 그의 "가장 적절한 명칭은 '번역가', 가장 정확한 명칭은 '무역 회사의 해외 통신원'일 것"이며, "시인 또는 작가는 직업이라기보다 소명이다."

1888년 포르투갈 리스본에서 태어난 페소아는 5세 때 친아버지를

---

* 이 책 『내가 얼마나 많은 영혼을 가졌는지─페르난두 페소아 시가집』은 페소아가 생전에 '시가집'이라는 제목 아래 시집으로 엮으려고 구상한 작품들을 선별해 번역했다.

잃었고, 이후 어린 시절을 의붓아버지가 영사로 근무하던 남아프리카 공화국 더반에서 보냈다. 1905년 17세에 리스본에 돌아와 리스본 대학교 문학부에 들어가지만 곧 그만둔다. 그는 1935년 리스본에서 일생을 마칠 때까지 주로 무역 통신문 번역가로 일했다.

페소아는 동료 문인들과 함께 문예지 『오르페우*Orpheu*』를 창간하고 편집자 겸 필자로 활동했으며, 1918년과 1921년에는 직접 운영하는 출판사에서 자신의 영어 시집을 펴내기도 했다. 사망하기 전해인 1934년 국가 공보처에서 주관한 문학상에 응모해 2위로 입상한 『메시지*Mensagem*』는 모국어로 쓴 것으로는 유일하게 출판된 시집이다. 이어 페소아는 수년간 공책과 쪽지에 적은 단상을 모은 『불안의 책*Livro do Desassossego*』을 출간하려 했으나 실현하지 못했다. 이듬해인 1935년, 간경화로 생을 마쳤기 때문이다. 그의 나이 47세였다.

2. 1915년, 『시가집』의 구상

이렇다 할 극적 사건이 없는 시인의 일생에서 가장 '다사다난'하고 '역동적인' 시기를 꼽으라면 1914~15년 사이라고 말할 수 있다.

첫째로, 페소아가 자신의 인생에서 "승리의 날"이었다고 말하는, 창조력이 폭발하는 순간을 경험한 것이 1914년 봄이었다. 페소아 관련 연구들에 수없이 인용되는, 이른바 "이명(異名)의 기원"이라고 불리는 저 유명한 1935년에 쓴 편지에서, 그는 이날의 경험을 생생하게 회고한다.*

---

* 그의 사후 이뤄진 문헌학적 연구들은 시인이 다소간의 과장(혹은 착각)을 한 것으로 밝혀냈다. 그가 지칭하는 시들이 실제로 하루 만에 일필휘지로 완성된 것은 아니었고, 그가

〔……〕 그때가 1914년 3월 8일, 〔……〕 평소에 기회 있을 때마다 하던 것처럼 허리 높이쯤 오는 옷장 서랍 가까이 가서 종이 몇 장을 꺼내고는, 서 있는 채로 글을 쓰기 시작했어. 그리고 연속으로 삼십여 편의 시를 써내려갔어, 뭐라 표현할 길 없는 어떤 황홀경에서. 그게 내 인생에서 승리의 날이었어, 그리고 그런 날은 두 번 다시 오지 않을 걸세.*

1914년과 1915년 사이, 즉 "승리의 날"과 잡지 『오르페우』 발간 사이에 페소아의 대표작으로 주저 없이 꼽을 수 있는 시 여러 편이 대거 완성된다. 그중 그의 이명 리카르두 레이스Ricardo Reis와 알베르투 카에이루Alberto Caeiro의 작품들은 오랫동안 빛을 보지 못하다가 각각 1924년, 1925년이 되어서야 잡지 『아테나Athena』에 발표되지만, 본명으로 쓴 「기울어진 비Chuva Oblíqua」와 또 다른 이명 알바루 드 캄푸스 Álvaro de Campos의 「아편쟁이Opiário」 「승리의 송시Ode Triunfal」 「해상 송시Ode Marítima」는 1915년 『오르페우』에 게재된다. 1년 남짓한 기간 동안 페소아가 거둔 이 같은 풍성한 수확은 평소에 일종의 "미완성 콤플렉스"에 시달리던 그에게 이례적인 일이었다.

둘째로, 페소아가 앞에서 언급한 잡지 『오르페우』의 창간을 주도한 것이 1915년이었다. 계간 『오르페우』는 페소아와 열 명 남짓의 포르투갈 시인 및 예술가들(브라질인 두 명 포함)이 모여 만든 잡지로, 시와 희

진술한 날짜를 전후로 여러 차례 수정하고 매만진 흔적들이 확인되었다. 그러나 부분적 과장이 있었다 하더라도, 그가 전무후무한 문학적 "황홀경"을 경험했고, 그 과정에서 이명(異名)들이 비교적 빠른 시간 내에 구체화된 점은 분명하다.

* 페르난두 페소아, 『페소아와 페소아들』, 김한민 엮고 옮김(워크룸프레스, 2014), 329쪽.

곡, 에세이, 조형예술 작품 도판 등을 수록했다. 결과적으로 2호까지만 발행하고 넉 달 만에 폐간되었으나, 포르투갈 문학사에서 모더니즘의 시작을 선언한 실험적인 잡지로서 후대에 높이 평가받게 된다.

셋째로, 페소아가 '시가집'이라는 제목 아래 그동안 산발적으로 흩어져 있던 시들을 하나의 시집으로 엮으려고 구상하기 시작한 것도 1915년 전후였다. '망명' 또는 '여행 일정' 등 몇몇 다른 제목들도 후보에 오르긴 했으나, 최종적으로 『시가집Cancioneiro』이 낙점되었다. 1924년 12월, 문예지 『아테나』에 페소아가 게재한 열네 편의 시들에는 '시가집에서'라고 명시되어 있다. 그중 몇 편은 이미 다른 잡지에 게재된 것이기도 했다.

1932년 7월 28일, 친구이자 후배 문인 주앙 가스파르 시몽이스João Gaspar Simões에게 보낸 편지에서, 페소아는 '시가집'이라는 제목을 선택한 이유에 대해 언급하면서, 응집성이 약한 시들을 느슨하게 엮기 좋은 "모호하고 특징 없는" 제목이 필요했다고 설명한다. 실제로 『시가집』에 들어갈 시들은 한두 가지 기준으로 분류하기 어려운 실로 다양한 내용과 형식을 보여준다.

안타깝게도 이 번역서의 바탕이 되는 『시가집』 출판 프로젝트는 페소아 생전에 끝내 실현되지 못했으나 『시가집』은 그의 대표 산문집 『불안의 책』과 더불어 그가 구체적으로 출판을 계획한 기록이 전해지는 몇 안 되는 책 중 하나이다. 이로써 그의 사후에, 연구자/편집자들이 시집을 구성해볼 수 있는 기본틀이 제공된 셈이다. 그러나 페소아의 구상안이 구체적이지 않고 여러 번 수정의 과정을 겪은 데다가, 그 기획 의도 자체가 다소 포괄적이기 때문에, 그 목록에 어떤 시들이 포함되느냐에 대해서는 의견이 분분하고, 제안된 사례들마다 시들의 성격이 고르다고 할 수도 없다. 대체로 각운과 운율, 음악성과 서정적 요소들을 살린 정형시들이 주를 이루기는 하나, 어떤 시들은 제목 '시가(時歌)', 즉 '노래'라고 분류하기에 걸맞지 않기도 하다. 이렇듯 주제, 창작 배경, 문체가 각기 다양한 시들에서 그나마 한 가지 분명한 공통점이 있다면, 모두 페소아 자신의 이름으로 서명된 (또는 최소한 다른 이명에게도 할당되지 않은) 시들이라는 점이다. 이 한국어 번역본 『내가 얼마나 많은 영혼을 가졌는지—페르난두 페소아 시가집』도 이를 대원칙으로 삼아 구성했다.

비슷한 시기에 페소아가 소위 "이명 체계"를 구체화한 점을 감안한다면, 『시가집』의 기획은 다음과 같은 궁금증을 불러일으킨다. 그는 어떤 기준으로 본명으로 쓴 시와 이명으로 쓴 시를 분류한 걸까? 본명으로 된 시들에 부여한 성격은 어떤 것이었을까? 과연 페소아에게 본명이란 무엇을 의미했을까?

3. 본명과 이명 ─ "저자란 무엇인가?"

이명Heteronym이라는 말은 페소아 이전에도 존재했다. 포르투갈어로는 "다른 이의 진짜 이름으로 책을 내는 저자"를(『도밍고스 비에이라 수사의 사전』, 1871), 영어로는 동형이의어Homograph를 의미했다(『옥스퍼드 영어 사전』, 1971). 그러나 페소아는 이 말에 새로운 의미를 부여했다. 1928년, 「저서 목록Tábua Bibliográfica」이라는 짧은 글에서, 페소아는 이명이라는 말을 이렇게 재정의한다.

페르난두 페소아가 쓰는 작품들은 본명과 이명이라는 두 가지 항목으로 분류될 수 있다. 이를 익명과 가명이라고 칭할 수 없는 이유는, 정말로 그게 아니기 때문이다. 가명으로 쓰인 작품은, 서명하는 이름만 빼고는 모두 저자 자신에 의한 것이다. 이명의 경우는 자신의 개성 바깥에 존재하는 저자가 쓴 것이며, 완벽히 저자에 의해 만들어진 개인이다.*

바로 이 '이명'의 상대 개념이라 할 수 있는 '본명Orthonym'이라는 용어를, 페소아는 본인의 이름으로 서명한 시들을 가리킬 때 사용했다. 여기까지는 이해하는 데 전혀 무리가 없다. 문제는 몇몇 글에서 페소아가 자신의 본명, 즉 페르난두 페소아를 마치 또 한 명의 이명처럼 취급하면서 발생한다. 가령, '스승' 알베르투 카에이루에 관한 산문「내 스승 카에이루를 기억하는 노트들Notas para a Recordação do Meu Mestre Caeiro」에서 일정한 거리를 두고 객관적으로 묘사하는 시인 페르난두 페소아는, 흥미롭게도 이 모든 것을 창조한 자기 자신, 즉 저자로서의 페소아가 아닌, 하나의 이명으로서의 페소아이다.

엄밀히 말하자면 존재하지 않았던, 페르난두 페소아의 경우가 가장 희한하다. 그의 말에 따르면, 그는 나보다 붉과 조금 전, 1914년 3월 8일에 카에이루를 만났다고 한다. 이 시기에 카에이루가 한 주간 리스본에 체류하려고 와 있었고, 그곳에서 페르난두를 알게 된 것이다. 그가『양 치는 목동』을 낭송하는 것을 듣고, 그는 열병(타고난)을 얻어

---

* 앞의 책, 364쪽.

집에 왔고, 단숨에 「기울어진 비」라는 시 여섯 편을 써냈다.

　「기울어진 비」는 그 운율의 어떤 직선적인 면만 빼고는 카에이루의 그 어떤 시와도 닮은 점이 없다. 그러나 <u>페르난두 페소아가 카에이루를 만나지 않았더라면 그의 내면에서 그런 놀라운 시를 뽑아내지 못했을 것이다.</u> 이 시들은 그 만남이 있은 지 얼마 후에 찾아온, 영혼의 충격이 낳은 결과들이었다. 그것은 즉각적이었다. 워낙에 과할 정도로 기민한 감성을 지닌 데다 지극히 예민한 지성까지 갖춘 페르난두는, 이 엄청난 백신 — 지성인들의 어리석음에 대항하는 백신 — 에 곧바로 반응을 보였다.* (밑줄은 옮긴이)

　1888년에 태어나 1935년에 죽은, 안경을 끼고 짧은 콧수염을 기른 이 사내와 저자로서의 페소아를 동일 인물로 볼 수 있는가? 본명 페소아가 "또 한 명의 이명"이라면, 이 모든 걸 만들어낸 실존적 저자와의 관계는 어떻게 설정되는가? 이 둘은 서로 얼마나 독립적일 수 있는가? '저자'라는 개념에 근본적인 의문을 던지지 않을 수 없게 된다. 롤랑 바르트가 「저자의 죽음」(1968년, 콜레주 드 프랑스 연설)에서 선언적으로 제기한 담론, 또 이를 이어받아 1년 후 미셸 푸코가 「저자란 무엇인가?」(1969년, 프랑스철학회에서 발표한 논문)에서 고찰한 텍스트와 저자와의 관계…… 이들보다 거의 반세기 전에 이미 페소아는 자신의 실험적인 생애로써 이 질문과 씨름하며 나름의 응답을 내놓고 있었던 것이다.

　앞서 언급한, 시인이 친구 아돌푸 카사이스 몬테이루에게 보낸 이른바 "이명의 기원"이라고 불리는 1935년 편지로 돌아가보자. 페소아

---

* 같은 책, 115쪽.

는 이명을 고안하게 된 배경을 설명하는 과정에서 기존의 확고하고 전지전능한 저자의 위치를 고의적으로 흔든다.

한번 알베르투 카에이루가 출현하자마자, 나는 곧바로 본능적이고 무의식적으로 그를 위한 제자들을 찾아다녔어. 그의 거짓 이교주의에서 숨어 있는 리카르두 레이스를 뽑아냈고, 그의 이름도 발견했고 그를 그만의 자아에 맞출 수 있었어. 왜냐하면 이제 그를 실제로 보고 있었으니. 그리고 갑작스럽게, 리카르두 레이스와 대조되어 파생된 인물이, 충동적으로 나에게 나타났어. 급류를 타고, 끊김도 수정도 없이, 타자기 끝에서 알바루 드 캄푸스의 「승리의 송시」가 탄생한 거야, 바로 그 제목 그리고 그 이름으로.

그러고 나서, 난 존재하지 않는 패거리를 만들어냈어. 이 모든 걸 실제 세계의 틀들에 맞췄지. 서로 주고받는 영향들에 눈금을 매기고, 우정 관계들을 구체화시키고, 내 안에서, 다양한 관점들과 토론들을 경청했고, 이 모든 것으로 봐서는, <u>그들 모두를 창조한 사람 그러니까 나는, 가장 거기에 없던 사람이었어. 모든 게 나랑 상관없이 독립적으로 이뤄진 느낌이었어.</u> 그리고 지금도 그렇게 유지가 되고 있는 것 같다네. 언젠가 나한테 리카르두 레이스와 알바루 드 캄푸스 사이에 있었던 미학적 토론을 출판할 기회가 주어진다면, 그들이 이렇게 <u>나른지, 내가 그 주제에 대해 얼마나 무지한지 보게 될 걸세.</u>* (밑줄은 옮긴이)

이러한 영향들로 인해 시인의 사후에 연구자들 사이에서 "본명 페

---

* 같은 책, 330쪽.

소아"라는 명칭은, 리스본 태생의 자연인 페르난두 안토니우 노게이라 페소아와 반드시 동일하다고는 볼 수 없는 독립적인 시인−정체성을 가리키는 말로 통용되었다. 언제나 하나의 정체성에 머물고 싶지 않았고, 자아와 사고방식이 유난히도 유동적이었던 시인의 특성을 고려한다면, "페소아 본명"이라는 시적 정체성과 리스본의 시민 페소아를 이분법적으로 엄격히 구분 짓는 것은 그리 현명하지 못할 것이다. 시인은 처음부터 한 명의 시인을 상정하고 그 문체에 맞추어 창작을 하기도 했지만, 어떤 경우는 시를 쓰고 나서 시의 주인을 찾기도 했다. 그리고 그런 과정에서 종종 "수정"을 가하기도 했다. 가령, 본명으로 썼다고 전해지는 「기울어진 비」도 최초에는 이명 알베르투 카에이루에게 할당되었다가 나중에 저자가 바뀐 경우다.

혹자는 페소아가 끊임없이 가면을 바꿔 쓰고 탈바꿈을 하면서 시를 지었다는 점을 근거로, 본명 페소아로 쓴 시들이 자연인 페소아의 생각과 감성을 가장 투명하게 드러내어 보여준다고 주장할 수도 있으리라. 하지만 그 점도 단정할 수는 없다. "본명 페소아"라는 정체성 자체가 전혀 단일하거나 균질하지 않고, 복잡/다양하며 복수적인 성격을 지니기 때문이다. 게다가 이 모든 의문이 한 명의 시인의 정체성을 둘러싼 문제이기에 한층 더 규정하기 힘들다. 다음에 인용한 페소아의 미완성작 무제시를 보면 이러한 비규정성 자체를 시인의 본질로 파악하고 있는 그의 생각이 단적으로 드러난다.

> 나는 한 권의 시선집.
> 너무도 다양하게 쓰지.
> 시들의 가치가 있든 없든 간에

아무도 시인 한 명이라고
말하지는 않을 것이다.

그리고 그래야 한다 ── 누구나
한 명의 사람이 될 순 있다. 원래 그러니까.
하지만 시인은 한 명 이상이어야 한다.
〔……〕

1932. 12. 17.

　시인의 정체성에 관한 사색을 시적으로 가장 탁월하게 녹여낸 시
는, 그의 작품 중 가장 유명하다고 해도 과언이 아닐 1931년 작 「아우
토프시코그라피아Autopsicografia」이다.

시인은 흉내 내는 자.
너무도 완벽하게 흉내 내서
고통까지 흉내 내기에 이른다
정말로 느끼는 고통까지도.
〔……〕

　시인이 "정말로 느끼는" 것조차 일종의 흉내, 또는 "척하기"의 산
물이라면 과연 우리가 시인의 정체성, 그의 진정성을 파악할 수 있는
방법은 존재하는가? 문학적 자아와 전기적 삶을 산 생활인의 경계를
짓는 것이 유의미한가? 또 군이 경계를 짓는다면 무엇을 기준으로 삼
을 것인가?

1931년 12월 11일, 후배 문인 주앙 가스파르 시몽이스에게 보낸 편지에서, 페소아는 자기 자신도 한 개인으로서 과거에 대한 향수는 있었으나, 이를 시로 쓸 때는 "문학적 태도를 가지고" 그것들을 과장한다고 표현했다. 그의 시 「"아니, 아무 말도 하지 마Não: não digas nada"」를 비롯한 여러 시를 통해 시인은 자기 고백적 태도를 경계할 것을 강조해왔다. 시적 자아를 통해 진정한 감정과 생각을 표현하는 것이 아니라, 그것을 일종의 가면과 같은 장치로 활용하려는 이런 "가장(假裝)의 태도"는 어디에서 연유한 것일까? 여기에는 다양한 답변이 가능할 것이다. 이전 세대 시인들에 대한 반발 혹은 거리 두기도 하나의 중요한 요인이다. 가령 윌리엄 워즈워스(1770~1850)를 비롯한 낭만주의 시인들의 경우처럼 개인적 감정의 표현에 중점을 두는 경우는 시적 자아와 전기적 자아를 동일시해도 독해에 큰 무리가 없는데, 페소아는 바로 이 점에서 전 세대와 차별화를 하려는 의도로 "흉내 내는 시인"의 태도를 취했다고도 볼 수 있다. 물론 여기서 "흉내"는 단순한 거짓말을 의미하지는 않는다. 「이것Isto」이라는 제목의 시에서 제시하는 "마음에서 비롯되지 않은 느낌"이라는 그만의 독특한 감각법은 이런 맥락에서 눈여겨볼 만하다.

사람들은 나의 흉내며, 거짓말이라고 한다
내가 쓰는 모든 것이. 아니다.
나는 그저 느낄 뿐이다
상상을 통해.
마음은 쓰지 않는다.

〔……〕

느낌? 읽는 사람이 느끼라지!

시에서의 감정과 느낌이란 페소아에게 상상력과 이성으로 적절히 통제되고 분출되어야 하는 것이지, 있는 그대로 기록하고 표현할 대상이 아니었다. 시작(詩作)에서 감성보다는 지성을 우위에 두는, 지성화(intellectualization)의 과정을 강조하는 주지주의적인 성향은 물론 페소아뿐만 아니라 T. S. 엘리엇 등 동시대의 다른 시인들에게서 찾아볼 수 있다.

앞에서 살펴본 면들을 전제했을 때, 페소아 본명으로 쓰인 시들이 이명으로 쓴 시들보다 자연인 페소아 본인의 생각과 고민을 가장 투명하게 반영할 것이라는 주장은, 일리는 있지만 동시에 늘 오독의 위험성을 안고 있을 수밖에 없는 것이다. 차라리 이명들보다는 그나마 좀더 많은 전기적 사실과 경험들을 반영하고 재구성하고 있다는 정도로 보는 것이 안전할 것이다.

『시가집』이라는 헐거운 형식으로 묶인 여러 시들에서 엿보이는 본명 페소아의 관심사는 실로 다양하다. 존재와 부재, 고정된 정체성에 대한 회의 등 그가 줄기차게 천착해온 주제들 이외에도, 시인이 사신의 민족과 역사에 대해 깊이 고민하고, 풍부한 문학적 상상력을 동원해 조국의 미래에 대한 비전을 창조적으로 구상해온 결실을 접할 수 있다. 또, 제도 권력이 되어버린 기존 종교들에 대한 회의가 깊어지면서, 오컬트와 비전(秘傳) 종교 그리고 점성술에서 의미를 구하려고 진지하게 찾아 헤맨 흔적들도 풍부하다. 그러나 그 어떤 관심 분야도, 페소아가 그 하나에만 완전히 닻을 내리게 만들지는 못했다. 페소아답게, 그는 끊임없이 이동하고 정처 없이 부유했다. 1935년 1월 20일 아돌푸 카사이스 몬테이루에게 보낸 편지의 한 구절이 이 같은 생각을 단적으로 보여준다.

"나는 진화하지 않는다. 나는 여행한다."

4. 귀화: "나의 고향은 포르투갈어"

1905년 9월, 열일곱의 나이에 고향 리스본에 돌아온 페소아는 첫 3년여 간은 거의 영어로만 시를 쓴다. 유년 시절을 남아프리카공화국에서 보내며 영국식 교육을 받고, 바이런, 워즈워스, 셸리 등 영어권 시인들에게 심취해 있던 그는 한때 영어로 시를 쓰는 시인이 되기를 희망했었다. 그러나 1908년을 기점으로 변화가 나타난다. 그는 성인이 된 후 처음으로 포르투갈어로 시를 쓰기 시작한다(유년 시절, 가족과 함께 포르투갈에서 긴 방학을 보낼 때는 쓴 적이 있다). 「키츠에게A Keats」가 이 시기의 대표작이다. 영시 전통으로부터 부인할 수 없는 깊은 영향을 받았지만, 자신의 원대한 문학적 이상을 실현할 수 있는 유일한 방법은 모국어로 쓰는 것이라는 점을 깨닫기라도 한 듯, 이 젊은 시인은 포르투갈어로 창작에 몰두한다. 1906~08년 동안 왕성한 창작력을 보여주며 영어로만 시를 쓰던 페소아의 "전(前)-이명" 알렉산더 서치Alexander Search가, 1908년 이후로는 거의 작품을 쓰지 않은 점도 특기할 만하다. 알렉산더 서치가 무대에서 내려오는 시기는, 페소아가 포르투갈어로 된 시들을 진지하게 쓰기 시작한 시점과 정확히 일치한다. 그는 영어와 프랑스어로도 적지 않은 글들을 남겼으나, 그가 괄목할 만한 업적을 남긴 언어는 단연 포르투갈어였다. 유년 시절에 영어 교육을 받았음에도 타고난 모국어의 재능을 끌어 올리는 데는 오랜 시간이 걸리지 않았다. 「키츠에게」에서 나타나는 다소 미숙한 구사력은 1911년 「"내 마을의 종소리Ó Sino da Minha Aldeia"」에서 완벽한 포르투갈어 표현의 전형으로 거듭난다. 「"내 마을의 종소리"」는, 형식과 주제 및 모티프를 기존 포르투갈 서정시들에서 따온 면이 눈에 띄긴 하나, 단순히 전통을 반복/재현하는 데 그치지 않고 한 걸음 더 나아가 새로운 관점을 제공하고 신선한 활력을 불어넣으면서 장르를 확장하는 데 성공한다. 한 가지 흥미로운 사실을 덧붙이자면, 페소아는 주앙 가스파르 시몽이스와의 서신에서 「"내 마을의 종소리"」의 실제 모티프가 "마을"과는 거리가 먼 대도시 리스본 한복판 시아두Chiado 구역의 마르티레스 성당Igreja dos Mártires에서 치던 종소리로 자신이 그 종소리를 들으며 자랐다고 밝혔다. 그 이전의 서정시인들이 실제로 존재했던 자연이나 경관에 대한 직접적인 경험과 감정을 노래했다면, 페소아는 전원적 모티프나 감상을 차용은 하되 이를 원재료로 철저히 한정하고, 시적 전통 또한 "무늬"로만 활용하면서 전혀 다른 경험이나 착상과 결합시켜 추상화하는 방식으로 전통의 답습에서 벗어날 수 있었던 것이다.

5. 모더니즘과 사조 실험 그리고 『오르페우』

스물네 살이 되던 1912년, 페소아는 「사회학적으로 고찰한 포르투갈의 새로운 시A Nova Poesia Portuguesa Sociologicamente Considerada」

를 시작으로 「심리학적으로 고찰한 포르투갈의 새로운 시A Nova Poesia Portuguesa no Seu Aspecto Psicológico」「재발Reincidindo」 등의 평론들을 연달아 『아기아A Águia』에 기고하며 문학평론가로 등단한다. 이듬해, 상징주의 실험의 성격이 짙은 「습지들Pauis」(1913)을, 그다음 해에는 「기울어진 비」(1914)를 완성한다. 이 두 시는 각각 페소아가 창시한 문학사조들인 '파울리즘Paulismo'(직역하여, '습지'주의)과 '교차주의'의 전범이 된다.

'파울리즘'의 경우, 프랑스 시인 스테판 말라르메(1842~1898)의 상징주의와 페소아가 인정하는 몇 안 되는 포르투갈 선배 시인 중 한 명이었던 카밀루 페사냐(Camilo Pessanha, 1867~1926)의 영향을 자기 것으로 소화하는 과정에서 탄생한 경향이라고 할 수 있다. 1913년 3월 16일, 「습지들」을 쓰기 불과 몇 주 전, 페소아가 페사냐의 「포너그라푸 Fonógrafo」를 동료들에게 낭송한 기록이 이를 암시한다. 상징주의의, 데카당스 특유의 모호한 표현이 주/객체의 혼동, 연결되지 않는 생각들의 조합, 허무한 상태의 영혼, 지금 여기 없는 타자에 대한 갈망 등과 결합하여 의도적으로 독자의 혼란을 가중시킨다. 안토니우 페루António Ferro와 알프레두 기사두Alfredo Pedro Guisado와 같은 후배 시인들이 이 파울리즘에 영감을 받고 창작열을 불태운 것과는 달리, 정작 페소아 자신은 자신이 창조한 이 사조에 대해 다소 이중적인 태도를 취한다. 한편으로는 이명 알바루 드 캄푸스의 입을 빌려 "상징주의와 신상징주의를 괄목할 만하게 발전시켰다"는 평가를 내리는 한편, 다른 글에서는 진지하지 못한 "장난(blague)"에 불과하다며 스스로 폄하해버린다.

파울리즘에 대한 그의 흥미가 사라지며 수면 위로 떠오른 것이 '교차주의'였다. 페소아 자신이 "새로운 종류의 파울리즘"이라고 칭하기도

한 교차주의는 '입체파(큐비즘)'의 문학적 현현으로 평가받는다. '교차주의'를 통해 페소아는 감각을 해석하는 독특한 방식을 형성하게 된다. 그의 설명을 직접 들어보자.

> 사물을 그 자신과 교차시키는 것: 큐비즘. (즉 같은 사물을 그것에 대한 상이한 관점들로 교차시키는 것). 사물과 사물들에 대한 생각을 교차시키는 것: 미래주의. 사물과 그 사물에 대한 감각을 교차시키는 것: 교차주의, 엄밀히 말해, 우리의 것.*

페사냐와 더불어 그가 존경했던 선배 시인 세자리우 베르드(Cesário Verde, 1855~1886)의 영향이 엿보이는 교차주의의 대표작 「기울어진 비」에서, 페소아는 이미지의 교차와 병치를 선배보다도 한 차원 끌어올려 풍부하고 신선한 이미지의 향연을 보여준다. 회화나 사진 등 다른 시각 예술 분야와의 접속을 통해 새로운 미학적 차원을 구현하려고 한 시도로 평가될 수 있는데, 이는 다름 아닌 『오르페우』 잡지 활동을 한 시기와 맞물려 있다.

> 낭만주의자들은 접합하고 싶어 했다. 교차주의자들은 융해를 시도한다. 바그너는 음악+회화+시를 원했다. 우리는 음악×회화×시를 원한다.**

---

* *Pessoa Inédito*, Orientação Teresa Rita Lopes(Lisboa: Livros Horizonte, 1993), p. 140.

** *Páginas de Estética e de Teoria Literárias*(Textos estabelecidos e prefaciados por Georg Rudolf Lind e Jacinto do Prado Coelho)(Lisboa: Ática, 1966), p. 355.

여기서, 「기울어진 비」에 대한 페소아 본인의 평가를 참고해보는 것도 흥미롭겠다. 물론, 이 글의 작성자로 설정된 알바루 드 캄푸스의 목소리를 빌려서 말이다.

　　[……] 「기울어진 비」라는 여섯 편의 시 모음만큼 페르난두 페소아의 작업에서 감탄스런 작품은 없다. 어쩌면 그에게 더 대단한 작품들이 있었을지도 모르고, 또 있을 수도 있겠지만, 이보다 더 신선하고, 더 독창적인 작품은 결코 없을 것이고, 고로 더 나은 게 나올 수 있을지도 개인적으로 의문이다. 그리고 무엇보다도, 더 진정으로 페르난두 페소아인 것, 더 내밀하게 페르난두 페소아인 것은 없을 것이다. 그만의 지치지 않는 지적 감수성, 그만의 부주의하고도 주의 깊은 관찰력, 그 냉정한 자아 분석 특유의 뜨거운 미묘함을 어떻게 이보다 더 잘 표현하겠는가? 영혼의 상태가 동시에 두 가지이고, 각각 분리된 주관과 객관이 뭉치면서도 분리된 채 존재하는, 진짜와 가짜가 다르게 존재하기 위해 서로 혼동하는, 이 교차(交叉) 시들보다. 이 시들에서 페르난두 페소아는 자기 영혼의 진정한 사진을 찍어낸 셈이다. 그리고 그 순간이, 그가 여태 한 번도 가져본 적이 없고 앞으로도 가질 수 없을(왜냐하면 그는 어떠한 개성도 없기 때문에), 그만의 고유한 개성을 가지는 데 성공한 유일한 순간이었다.*

파울리즘과 마찬가지로 교차주의도 얼마 가지 않아 시들해진다. 두 사조는 페소아가 유럽 대륙에서 건너온 문학적 영향들을 자신의 것으

---

* 『페소아와 페소아들』, 114~15쪽.

로 흡수하고 창조적으로 재해석하는 실험의 과정을 보여준다는 점에서 흥미롭다. 잡지『오르페우』의 창간과 '감각주의'라는 또 다른 사조를 통해 페소아는 창조적 전기를 맞이하고 좀더 가시적인 결실을 맺는다. 감각주의의 이상은 알바루 드 캄푸스의 좌우명이라고도 할 수 있는 슬로건 "모든 것을 모든 방식으로 느끼기"에 잘 요약되어 있는데, 사실 이러한 상상력은 이미「키츠에게」에서 엿보이는 "당혹스럽고 깊은 내 느낌들"(11쪽)에서 잉태되고 있었으며, 1930년『시가집』의 구상 목록 중 하나에 포함된 무제시「"아 모든 것을 느끼는 것"」(83쪽)에서도 직접적으로 표현되고 있음을 발견할 수 있다. 발표된 시들만 놓고 보면 표면적으로 너무도 상이한 두 시인, 즉 이명 알바루 드 캄푸스와 본명 페르난두 페소아의 차이점과 공통점, 시 세계의 분화와 동화 추이를 그려보는 데에도『시가집』의 시들은 중요한 단서를 제공한다.

6. 후기의 페소아

모더니스트적 실험의 열기와 관심이 차차 사그라드는 후기로 접어들면서, 페소아는 점점 더 자아와 세계와의 관계, 존재와 무, 부재 등이 화두에 관해 천착히는 경향을 보여준다. 그리고 1935년, 그의 마지막 해에 이르면, 양적으로도 운문보다 산문『불안의 책』등의 집필에 더 치중하는 양상을 보이고, 이명과 본명의 구분 또한 이전만큼의 엄격함을 유지하지 못한다. 더불어, 지난 25년간 본명 페소아로 창작한 시들의 주를 이루는 짧고 운율 있는 작품들은 더 이상 나오지 않는다. 여러 가지 이유를 추측해볼 수 있다. 건강 악화로 인한 급격한 체력 저하도 주요 원인이라고 할 수 있다. 말년의 사진을 보면, 당시의 기준을 감안하더라도 마흔일곱의 나이라고 보기에는 지나치게 노쇠해 보인다. 또한, 그의 기대를 번번이 저버린 정치적 변화의 소용돌이도 무시할 수 없는 원인이었다.

1930년대 초부터 약 40여 년간 포르투갈을 독재 국가로 전락시킨 장본인 안토니우 드 올리베이라 살라자르(1932~1968)에 대한 시인의 반감과 우려는, 살라자르 정부가 1935년에 지적·예술적 출판과 표현의 자유를 제한하기 시작하면서 격렬한 분노로 변했다. 페소아는 정부에 대한 적대감을 숨김없이 표현한 비판적 논조의 글들을 썼으나, 같은 해 11월, 그의 갑작스러운 죽음으로 그 글들은 발표되지 못하고 역사 저편에 묻혀버렸다. 살라자르가 아직 자신의 독재적 야심을 드러내기 전인 초기 장관 시절 그에 대한 호의적 평가를 내렸던 글 몇 편 때문에 페소아는 한때 "친독재" 작가로 오해받기도 했으나, 사후에 발견된 문헌들로 오명을 씻을 수 있었다. 참고로, 『시가집』에 포함된 시 중에 정치적 성향이 엿보이는 시는 「자유Liberdade」가 유일하다고 하겠다. 이 시는 내용뿐만 아니라 형식에서도 고정적 형식을 거부하고 자유를 택했다. 이런 형식적 시도들은 죽기 두 달 전에 쓴 회고풍의 시 「리마의 저녁Un Soir à Lima」에서 더 길고 자세하게 나타난다. 「리마의 저녁」은 또한 시인의 유년 시절 아프리카 체류 경험이 직접적으로 드러나는 유일한 시라는 점에서도 흥미롭다.

이 마지막 해의 또 다른 인상적인 시로는 「"푸름, 푸름, 푸름Azul, azul, azul"」을 들 수 있다. 시적 화자는 망망대해를 바라보며 자문한다. "난 인생으로 뭘 했나?/인생은 나로 뭘 했나?" 이 말투는 말년까지 그와 "동행"했던 이명 알바루 드 캄푸스를 연상시킨다. 그러나 캄푸스의 문체가 정형시와 자유시를 넘나드는 것이라면, 이 말년의 시는 운율을 제외하고 모든 행이 제각각이다. 경계선이 고르지 않고 비고정적인 해변의 파도처럼. 시의 원숙미는 자유로운 형식 속에서도 놀라운 음악적 효과를 보여준다. 옮긴이의 한계로 인해 번역에서 음악성을 충분히 살려내지 못한 점이 안타까울 따름이다. 「"푸름, 푸름, 푸름"」을 자세히 읽다 보면, 넘실대는 물결의 이미지 속에 페소아가 50년이 채 못 되는 인생을 두고 쉼 없이 천착해온 고민들이 어른거리는 것을 볼 수 있다. 고통, 회의, 의심, 감각에 대한 갈망, 모든 것, 보다 많은 것을 보고자 하는 열망, 반복해서 돌아오는 오래된 시간들, 날카롭게 파고드는 의식, 사물들의 근본적인 불안과 불확실성, 끝이 없는 불만족 상태, 저 너머에 대한 예감, 산 삶과 살아지지 않은 삶, 사랑과 아직 도래하지 않은 사랑, 간극과 심연, 꿈과 바다…… 한마디로 본명과 이명을 막론한 페소아의 거의 모든 화두들이 망라되어 있다.

우리는 이 시들을 읽으며 1908년, 청년 페소아가 포르투갈어로 시를 쓰는 시인으로서의 정체성을 확립하기도 전에 지녔던 일종의 두려움, 즉 자신의 영혼이 감각하는 수많은 것들을 담아낼 시적 형식을 찾을 수 없을지도 모른다는 예감이 맞지 않았음을 알 수 있다.

7. 오컬트와 비전적 관심

실로 왕성한 창작욕이 일시에 분출된 1915년 전후의 시기에 또 한 가지 흥미로운 경향이 나타났다. 페소아가 점성술과 비전 종교들에 심취하면서, 관련된 다수의 작품들을 남기기 시작한 것이다. 「미라A

Múmia」「마지막 주술O Último Sortilégio」「기독교 장미십자회의 무덤에서No Túmulo de Christian Rosenkreutz」「신(神)—너머Além-Deus」「십자가의 길Passos da Cruz」 등이 그 좋은 예이다. 페소아가 비전 종교에 입문하게 된 것은, 우연한 계기로 신지학(神智學)에 관한 책들의 번역을 맡게 되면서 시작되었다. 친구 마리우 드 사-카르네이루(Mário de Sá-Carneiro, 1890~1916)에게 1915년 12월 6일에 보낸 편지에서 그는 미지의 세계에 들어서면서 느낀 오묘한 매력과 지적 당혹감을 토로한다.

〔……〕 신지학은 그 신비주의와 오컬트적 웅장함으로 나를 두렵게 만들고, 그 박애주의와 본질적인 사도주의(이해하겠나?)로 내 비위를 건드리는 반면, "초월적 이교주의"와 너무나도 유사한 점에서 나를 매료시킨다네. 〔……〕 기독교주의와 너무 닮아서 질색이지만, 그 부분은 인정할 수 없네. 그것은 영혼 저 너머에서 재현된 심연의 공포와 매력, 일종의 형이상학적인 공포라네, 나의 친애하는 벗 사-카르네이루! 〔……〕

페소아의 이러한 관심은 당시 점성술과 오컬트에 심취해 있던 아니카 이모와의 교류로 더욱 심화되었다. 그가 소장한 수백 권의 장미십자회, 프리메이슨, 카발라, 점성술 및 고대 종교 관련 도서들을 통해 비전 종교에 대한 비상한 관심을 확인할 수 있다. 이는 기존의 기독교 신앙에 대한 회의와 불신이 유럽 지식인들 사이에서 점점 더 확대되는 시대적 조류와도 무관하지 않다.

내가 속한 세대는 기독교 신앙에 대한 불신을 물려받았고, 다른 모든 신앙에 대한 불신을 자체적으로 만들어냈다. 우리 부모 세대는 기독교 신앙에서 출발해 다른 형태의 환상으로 전이된 신앙을 갖고 있었다. 어떤 이들은 사회적 평등에 열광했고, 어떤 이들은 아름다움에만 몰두했으며, 또 어떤 이들은 과학과 과학이 이룬 성과를 맹신했다. 그리고 더 기독교적인 어떤 이들은 '동양'과 '서양'을 헤매며, 단지 삶을 이어가는 것만으로는 공허감을 떨칠 수 없는 자신들의 의식을 달래줄 새로운 종교를 찾아 나섰다.

우리는 이 모든 걸 잃었다. 우리는 신앙이 주는 위로를 조금도 누릴 수 없는 고아로 태어났다. 각각의 문명은 해당 문명을 대표하는 종교의 특별한 행로를 따라간다. 다른 종교로 옮겨가는 것은 전에 가졌던 것을 잃어버리는 것이고, 결국 다 잃어버리는 것이다.

우리는 원래 있던 것을 잃었고, 다른 모든 것도 잃었다.[*]

한편으로는 한결같이 이성적이고 냉철한 시인상을 추구해오면서, "나는 오로지 이성으로써 인도된다"고까지 주장하는 페소아였지만, 앞의 인용 글에서 베르나르두 수아르스가 고백하듯 영적이고 초월적인 존재를 추구하는 인간의 "비이성적인" 성향과 열망 또한 무시하지 않았다. 스스로도 주체하지 못한 그의 상상력은 내심 과학과 지성을 넘어선 어떤 힘의 존재를 믿고 희구했다. 그렇다고 비판적인 지식인으로서 기성 종교, 특히 기독교가 제공해온 진리 체계의 근간이 흔들림을 외면할 수도 없었다. 수아르스는 힘없이 "모든 것을 잃었다"고 자조적으로 푸념하고 말지만, 페소아는 허무를 극복하려고 끊임없이 노력했고 그러한

---

[*] 페르난두 페소아, 『불안의 책』, 오진영 옮김(문학동네, 2015), 385~86쪽.

태도가 다른 대안들, 그중에서도 기존에 '사이비' 또는 '이단'이라는 이름으로 폄하당하고 억눌려온 믿음 체계들에게로 눈길을 돌린 결과를 낳은 것이다. 홍미롭게도 아일랜드의 시인 윌리엄 버틀러 예이츠도 비슷한 경향을 보여주는데, 비전 종교들이 하나의 고정된 정전(正典, Canon)을 중심으로 엄격하게 규정된 종교라기보다, 페소아 본명 시들의 주된 참고 대상인 19세기 상징주의에 흔히 나타나는 독특한 신비주의적 감수성에 호소한다는 점을 감안하면 이러한 "우연"도 놀랍지는 않다.

비전 종교들이 제시하는 교리들을 페소아가 맹목적으로 받아들인 것은 물론 아니다. 그는 점성술사 이명 라파엘 발다야Raphael Baldaya의 「비전적 형이상학의 원칙들Princípios de Metafísica Esotérica」이라는 글을 통해 이들을 직접 비판하기도 했으며, 안토니우 모라António Mora라는 이명 철학자를 동원해 제창한 이념 "신이교주의(Neopaganismo)"를 통해 자신의 "이교도적 본성"과 조화로울 수 없는 타종교들의 특징들을 체계적으로 비교/분석하기도 했다.

비전적 세계에 대한 페소아의 관심을 "비현실 세계"에 대한 일반적 관심으로 확대 해석한다면 훨씬 더 많은 시들이 이 영역에 포함될 것이다. 실제로 비전에 대한 관심이 싹틀 무렵 집중적으로 제창된 또하나의 이념 "감각주의(Sensacionismo)"의 모토는 "아름다움은 보이지 않는 것에 대한 감각을 촉발시키는 모든 것(Belo é tudo quanto nos provoca a sensação do invisível)"이었다. 그가 말하는 감각주의에서 말하는 감각은 얄팍한 표층의 오감이 아니라, 고도의 시적 지성으로 종합되고 승화된 감각과 감춰진 세계의 교차와 합류를 지향했다. 그렇기에 감각주의는 그 제목에서 연상되는 이미지와는 달리, 보이지 않는 추상적 영역을 특히 중시한다.

여하간 초월적 세계를 향한 페소아의 동경과 심취가 마지막 순간까지 지속된 점은 분명하다. 알바루 드 캄푸스가 1935년(페소아가 죽은해) 1월 5일 지은 무제 시를 보면 그 이유를 짐작할 수 있다.

> 별들이 세상을 지배하는지 나는 모른다
> 아니면 타로나 카드가
> 뭔가를 밝혀줄 수 있는지도.
> 나는 모른다 구르는 주사위가
> 어떤 결론에 이를 수 있을지
> 하지만 그것도 모르겠다
> 대개의 사람들이 사는 식으로 산다고
> 무언가 이뤄지는지도

이러한 태도는 다음과 같은 편지에도 잘 드러난다.

오컬트주의(시인이 쓰기를)에 관한 자네 질문에는 아직 답하지 않았어. 자네는 내가 오컬트주의를 믿냐고 물어봤지. 〔······〕 나는 우리의 것보다 한 차원 높은 세계의 존재를 믿고, 그 세계를 구성하는 존재들을 믿으며, 이 세계를 창조했다고 가정하는 초월적 존재에 이르기까지 세심하게 구별 지을 수 있을 만큼 다양한 차원의 영혼성에 대한 경험을 믿는다네. 거기엔 다른 세계들을 창조한 다른 초월자들도 동등하게 존재할 수 있고, 그 세계들은 우리의 것과 공존하면서 상호 침투하기도 하고, 안 하기도 해. 이런 이유들로, 그리고 또 다른 이유들로, 근본주의 오컬트 결사, 즉 프리메이슨들의 경우(앵글로·색슨 프리메이슨들을 제외하면)는, 그 신학적이고 대중적인 함의 때문에 "신"이라는 용어를 피하는 대신 "세계의 위대한 설계자"라고 부르는 걸 선호하지. 그렇게 표현함으로써 그가 세계의 창조자인지 아니면 단순히 그것을 관장하는지의 문제를 빈칸으로 남겨놓을 수 있거든. 존재들의 이런 층위들을 전제한다면, 난 신과의 직접 소통이 가능하다고 믿지는 않지만, 우리의 영적인 조율에 따라서 더 높은 차원의 존재와 소통할 순 있다고 봐. 〔……〕 "비전의 전수"에 관해서라면 내가 말해줄 수 있는 건 이게 전부야. 자네 질문에 대답이 될 수도 있고 안 될 수도 있겠군: 나는 그 어떤 비밀결사에도 속해 있지 않다네. 〔……〕*

비전적 종교에 관한 페소아의 관심은 비교적 최근까지도 학계에서 주변적이고 사소한 것으로 도외시된 경향이 있었으나, 현재는 많은 연구자들이 이 분야를 적극적으로 재조명하고 있다. 계속되는 연구와 문헌학적 발견들은 비전적 종교에 대한 시인의 비상한 관심이 그의 근원적 사고 체계를 형성하는 데 핵심적인 요소 중 하나라는 것, 또, 그가 감정, 감각, 이성 그리고 신조차도 넘어서는 어떤 초월적 존재를 상상하고 모색했던 지적 여정의 동력이었음을 밝혀주고 있다. 그렇기 때문에, 이것들을 사적이고 종교적인 관심으로 환원하지 않도록 주의할 필요가 있다. 그 어떤 종교적 주제나 소재가 되었든, 페소아는 이 모든 것의 우위에 시를 두었다. 비전적 열정, 초월적이고 눈에 보이지 않는 존재들에 대한 끝없는 호기심도 결국은 시적인 방식으로 다루어지고, 시라는 열매를 맺었다. 그의 연금술은 다름 아닌 언어로 하는 연금술이었다.

---

* 『페소아와 페소아들』, 334~36쪽.

8. 시집 구성과 시 선정에 관하여

앞서 설명했듯이 『시가집』은 페소아 생전에 구상만 되고 출판은 되지 못했기에, 작가의 구상안을 토대로 사후에 엮인 모든 『시가집』들은 판본마다 담당 편집자의 개입이 불가피했다. 마찬가지로 구상은 되었으나 출판되지 못한 『불안의 책』처럼, 원천적으로 "불안정한" 구조를 지니고 있는 것이다. 이는 역으로 장점으로 작용할 수도 있는데, 해석과 편집에서 어느 정도의 유연성이 허용된다는 점이다. 이 책 『내가 얼마나 많은 영혼을 가졌는지』는 이 여지를 활용해 본명 페소아로 쓰인 대표작들을 묶어 소개하려는 의도로 기획되었다.

시의 선정은 다음과 같이 진행되었다. 먼저, 아래와 같이 페소아가 본명으로 쓴 포르투갈어 시들을 주제별로 네 종류로 묶어보았다.

1) 존재론적인 페소아: 보편적인 인간 존재 및 개인적인 존재에 대한 끊임없는 자각과 성찰이 있다.

2) 실험적인 페소아: 파울리즘, 교차주의 등의 사조 실험을 하는 과정에서 탄생한 시들. 「습지들」과 「기울어진 비」처럼 새로운 문체와 형식을 실험하고 그 전범을 보이려고 쓴 시들이다. 「자유」 같은 시처럼 자유시의 형식을 취하되 각운을 맞추기도 하고, 「그림자 속 일기Diário na Sombra」처럼 각운이 없는 경우도 있다. 그가 포르투갈어로 쓴 마지막 시 「"병보다 지독한 병이 있다Há doenças piores que as doenças"」처럼 무운시(無韻詩, Blank verse) 형식을 취하기도 한다.

3) 비전적 페소아: 오컬트에 대한 관심은 20대 때부터 죽을 때까지 계속되었는데, 1915년경에 시작되었다가, 1930년에서 1935년 사이에

눈에 띄게 증가한다. 「마지막 주술」 「기독교 장미십자회의 무덤에서」 「신(神)—너머」 등 영적인 탐구가 모티프가 된 비전적 시들이 대표적이다.

4) 페소아의 생전에 유일하게 출판된 포르투갈어로 된 시집 『메세지Mensagem』를 비롯해 포르투갈의 민족적, 역사적, 그리고 정치적 주제들과 관련된 시들.

더불어, 하나의 측면으로 분류할 만하지는 않으나, 사랑과 성을 다룬 시들. 「"사랑이야말로 본질적인 것O amor é que é essencial"」 「"존재만으로도 놀랍다Dá a surpresa de ser"」 등은 시 자체의 문학적 성취와는 별도로, 시인의 사랑관 및 성적 정체성에 관한 흥미로운 전기적 자료로 연구되기도 한다.

이 책 『내가 얼마나 많은 영혼을 가졌는지』는 이들 중 4)번과 관련된 시들을 제외한 모든 항목을 아우를 수 있도록 구성되었다. 4)번 항목의 경우, 대표작 『메세지』가 페소아의 의도대로 독립적인 성격을 지니고 생전에 시집으로 출판되었고, 페소아가 구상했던 『시가집』과 명확하게 구분되기에 함께 묶는 것은 무리라고 판단했다.

물론, 본명으로 쓰인 것만 천 편이 넘는 시들을 모두 포함할 수는 없었고, 널리 인정받는 페소아 연구자/편집자들이 제안한 기존 『시가집』 판본*들을 참고해 가장 대표적인 시들을 추렸다. 페소아의 명시적 의도대로 포르투갈의 시 전통을 따르는 서정시 계열의 시들을 주축으

---

* 참고한 책은 *Cancioneiro: Uma Antologia de Fernando Pessoa*, Assírio & Alvim, Edição de Richard Zenith e Fernando Cabral Martins, 2016, *Poesia do Eu: Obra Essencial de Fernando Pessoa #2*, Edição Richard Zenith, Lisboa, Assírio & Alvim, 2006[2a ed. 2008], *Melhores Poemas de Fernando Pessoa*, Edição de Teresa Rita Lopes, São Paulo, Global Editora, 1986[4a ed. 2014] 등이다.

로 하되, 파울리즘이나 교차주의 등의 문학적 실험으로 쓰인 시들도 포함했다. 여기에 그의 비전적 시들을 '2부'에 별도로 추가했는데, 이 시들과 『시가집』과의 관계가 분명치는 않음을 밝힌다. 『메세지』처럼 별도의 편집을 생각했는지, 포함시키는 것을 염두에 두었는지 저자의 의도를 명시적으로 알려주는 문헌이 없기 때문에 포함되는 경우도 있고 아닌 경우도 있다. 이 한국어 번역본에서는 최근 페소아 연구에서 대두되고 있는 비전적 측면의 이해를 돕는 취지에서 관련 시들 중 대표작만 추려 추가하기로 결정했고, 이로써 최종적으로 총 81편의 시를 선정, 번역했다.

1887   9월 5일 페소아의 부모, 포르투갈 리스본에서 결혼.

아버지 조아킴 드 시아브라 페소아Joaquim de Seabra Pessoa는 법무부 공무원이었으나 그의 진짜 열정은 음악에 있어서, 리스본 일간지 『디아리우 드 노티시아스*Diário de Notícias*』에 정기적으로 음악 칼럼을 기고했음. 어머니 마리아 마달레나 피녜이루 네게이라Maria Magdalena Pinheiro Nogueira Pessoa는 교양이 풍부하고 박식한 여성으로, 시를 쓰고 피아노를 연주했으며 프랑스어도 유창했음.

9월 19일 리카르두 레이스Ricardo Reis, 오후 4시 5분 포르투에서 '출생'.*

1888   6월 13일 페르난두 안토니우 노게이라 페소아Fernando António Nogueira Pessoa, 오후 3시 20분 리스본에서 출생. 당시 그의 아버지와 어머니는 각각 28세, 26세.

알렉산더 서치Alexander Search도 같은 날 리스본에서 '출생'.

---

* 페소아는 수많은 이명으로 창작했다. 페소아의 이명은 필명과 달리 각자의 일대기가 있는데, 리카르두 레이스와 같이 페소아 이전에 출생한 경우도 있다.

1889	4월 16일 알베르투 카에이루Alberto Caeiro, 오후 1시 45분 리스본에서 '출생'.
1890	10월 15일 알바루 드 캄푸스Álvaro de Campos, 오후 1시 30분 포르투갈 남부 알가르브의 타비라에서 '출생'.
1893	1월 21일 페소아의 남동생 조르주 출생. 7월 13일, 페소아의 아버지 결핵으로 사망.
1894	그의 '내면 극장'을 채울 분신 혹은 문학적 캐릭터들을 만들어내는 습관이 시작됨.
	1월 2일 조르주 사망. 같은 달, 페소아의 어머니는 두번째 남편이 될 주앙 미겔 로사João Miguel Rosa를 만남.
1895	7월 26일 그의 첫번째 시 「사랑하는 나의 어머니께À Minha Querida Mamã」를 씀. 어머니가 받아 적음.
	12월 30일 그의 어머니는 남아공의 더반 주재 포르투갈 영사 주앙 미겔 로사와 결혼.
1896	1월 20일 어머니와 함께 모로코 서쪽 약 640킬로미터 지점, 대서양상에 있는 포르투갈령(領) 섬 마데이라를 향하는 배에 승선. 그곳에서 31일 더반행 배로 옮겨 타는 일정.
	3월 수녀원에서 운영하는 성 요셉 학교에 입학, 5년 과정을 3년 만에 마침.
	11월 27일 어머니와 계부 사이에서 난 첫 아이, 이부(異父) 여동생 엔리케타 마달레나 출생.
1898	10월 22일 둘째 이부 여동생 마달레나 엔리케타 출생.
1899	알렉산더 서치에 관한 텍스트 첫 등장.
	4월 7일 더반 고등학교에 입학. 이때 고전과 인문적 조예가 깊은 교장 선생 니콜스W. H. Nichols를 만나 큰 영향을 받음. 셰익스피어의 작품들, 디킨스의 『피크윅 페이퍼스Pickwick Papers』 등 영국 고전 문

학에 심취하게 됨.

1900　1월 11일 이부 남동생 루이스 미겔 출생.

6월 14일 장차 페소아의 '유일한' 연인이 될 오펠리아 케이로스 Ofélia Queiroz, 리스본에서 출생.

1901　자필로 남긴 것 중 가장 오래된 시 「당신으로부터 떨어져서Separated from thee」를 영어로 씀.

6월 25일 이부 여동생 마달레나 엔리케타 사망.

8월 1일 가족과 함께 모잠비크의 로렌수마르케스, 탄자니아의 다르에스살람과 잔지바르, 이집트의 포트사이드, 이탈리아의 나폴리 등을 거쳐 포르투갈에 도착하는 배에 승선.

9월 13일 리스본 도착.

1902　5월 판크라시우Pancrácio('백치'라는 뜻, 이하 괄호는 한국어 해석) 박사의 이름으로 서명된 시 「그녀가 지나갈 때Quando Ela Passa」와 조난 사고에 대한 일화, 그리고 수수께끼 등이 수록된 가상 신문 『말A Palavra』을 3호까지 펴냄.

6월 26일 페소아의 어머니와 계부는 다시 더반으로 떠나고, 페소아는 리스본에 남음.

7월 18일 일간지 『임파르시아우O Imparcial』(공정한)에 자신의 시 「아픔이 나를 괴롭힐 때Quando a dor me amargurar」를 처음으로 게재.

9월 19일 혼자서 더반으로 출발.

10월 대학 입학을 준비하기 위해 더반 상업학교의 야간반에 입학.

1903　1월 17일 셋째 이부 여동생 주앙 마리아 출생.

11월 희망봉 대학에서 주관하는 대학 입학 허가 시험에 응시. 최우수 영어 에세이 부분에서 빅토리아 여왕 기념상을 수상. 응시자는 총 899명.

1904　2월 더반 고등학교로 돌아와 대학 준비 과정 공부를 시작함. 이는

대학 학부 1학년 과정에 해당함. 그의 일기에 따르면, 이 시기에 탐독한 작가는 셰익스피어, 밀턴, 바이런, 셸리, 키츠, 테니슨, 칼라일, 브라우닝, 에드거 앨런 포, 휘트먼 등.

7월 9일 상당 분량의 원고를 남긴 첫번째 분신 찰스 로베르트 아논 Charles Robert Anon의 이름으로 『나탈 머큐리 *The Natal Mercury*』〔'남아공 동부 나탈 주(州)의 수성(水星)' 정도의 뜻〕지에 시를 게재.

8월 16일 넷째 이부 여동생 마리아 클라라 출생.

12월 16일 희망봉 대학의 예술 과목 중간고사를 치르고 전체 2등급, 나탈 지역 최고 성적을 거둠. 고등학교를 그만둠.

1905   8월 20일 포르투갈에서 대학교를 다니기로 결정되어 리스본행 배에 승선.

9월 14일 리스본 도착. 마리아 고모와 아니카 고모의 집에 각각 차례대로 머무름. 귀국 후 약 3년여 간은 거의 영어로 시를 씀. 107편의 영어로 쓴 시를 남김.

10월 2일 리스본 대학 인문학부에 다니기 시작.

1906   알렉산더 서치 재등장. 1904~06년 사이에 쓰인 몇몇 단편들과 기존에 '찰스 로베르트 아논'으로 서명되었던 시 몇 편을 서치의 이름으로 고쳐 표기.

5월 병으로 시험에 출석하지 못해 7월에 치름.

9월 말, 1학년에 재입학, 특히 철학 수업에 열성적으로 임함.

10월 초, 리스본으로 돌아온 가족들과 잠시 동안 함께 거주.

12월 11일 마리아 클라라 사망.

1907   다양한 언어로 글을 쓰는 여러 분신들이 등장. 포르투갈어로 쓰는 파우스티누 안투네스 Faustino Antunes와 판탈레앙 Pantaleão, 영어로 쓰는 찰스 제임스 서치 Charles James Search와 모리스 수사 Friar Maurice, 프랑스어로 쓰는 장 쇨 Jean Seul 등.

4월 주앙 프랑쿠João Franco의 독재에 항의해 코임브라 대학에서 시작된 대규모 학생 수업 거부의 여파로 리스본 대학에서도 수업이 폐강됨.

5월 10일 가족들이 더반으로 돌아가면서, 페소아는 마리타 이모와 리타 이모, 정신병 증세를 보이던 친할머니 디오니시아와 함께 살게 됨.

6월(?) 독학을 하기로 결심하고 대학 학업 중도 포기.

9월 몇 개월간 견습으로 다니던 무역 정보 회사 'R. G. Dun'을 그만둠.

1908   늦은 가을, 가우덴시우 나부스Gaudêncio Nabos의 이름으로 『포르투갈어권-브라질 기념 신연감Novo Almanaque de Lembranças Luso-Brasileiro』에 시를 기고.

12월 14일 괴테의 동명 소설에서 영감을 받은 극작품 「파우스투Fausto」를 처음으로 씀.

1909   세 개의 필명이 등장. 조아킴 모라 코스타Joaquim Moura Costa, 비센트 게데스Vicente Guedes, 카를루스 오토Carlos Otto.

8월 인쇄기 구입을 위해 포르투갈 동부의 포르탈레그르로 여행. 몇 개월 후, 리스본에 출판사 '이비스Íbis' 개업.

1910   엽서나 봉투 등 우편 인쇄물 외에는 단행본 한 권 출판하지 못하고 '이비스' 폐업.

연말, 이사.

1911   사촌 마리우의 사업(광산, 매매업 등)을 도움.

5월 영어와 스페인어권 작가들로 이뤄진 '세계 명작 문고Biblioteca Internacional de Obras Célebres' 전 24권의 번역에 들어가 1912년경에 출판됨.

6월 이사. 아니카 이모와 함께 살게 됨. 그녀는 심령술, 점성술, 오컬트 등에 관심을 갖고 있었고, 이는 페소아에게도 영향을 미침.

1912   4월 최근 발표된 시들을 사회적 관점에서 비평한 첫 비평문「사회학적으로 고찰한 포르투갈의 새로운 시A Nova Poesia Portuguesa Sociologicamente Considerada」를 포르투에서 발행하는 잡지『아기아A Águia』(독수리)에 게재. 같은 잡지에 이듬해까지 다른 글들도 기고.

10월 13일 절친한 시인 마리우 드 사-카르네이루(Mário de Sá-Carneiro, 1890~1916)가 파리로 이주하게 되면서 두 사람 사이의 꾸준한 서신 교환이 시작됨.

1913   3월「결혼 축하 시Epithalamium」의 일부를 씀.

3월 1일 연극 평론 잡지에 첫 비평 게재. 총 4회 동안 기고함.

10월 14일『불안의 책Livro do Desassossego』중 일부로 확인되는「소외의 숲에서Na Floresta do Alheamento」를『아기아』에 게재하기 시작.

1914   리스본에서 발행하는 잡지『레나센사A Renascença』(문예부흥)에「"내 마을의 종소리Ó Sino da Minha Aldeia"」와「습지들Pauis」을 기고. 사-카르네이루를 비롯한 젊은 시인, 예술가들과 자주 만남을 가지며 이제까지 없었던 새로운 잡지에 대한 구상을 구체화함.

3월 4일 알베르투 카에이루의 이름으로 기록된 첫 시 발표.

4월 아니카 이모와 함께 이사 .

6월 이듬해 출판하게 될「승리의 송시Ode Triunfal」와 함께 알바루 드 캄푸스의 첫 등장.

6월 12일 리카르두 레이스의 이름으로 기록된 첫 시 발표.

11월 아니카 이모가 스위스로 떠나고, 페소아는 따로 방을 얻어 이사.

1915   알베르투 카에이루의 '철학적인 제자' 안토니우 모라(1914년에 처음 만들어진 것으로 보임)의 첫번째 구체적인 등장. 알베르투 카에이루 결핵으로 '사망'.

3월 24일 『오르페우*Orpheu*』1호 발행. 「선원O Marinheiro」과 「승리의 송시」 등이 게재됨.

4월 4일, 『조르나우*O Jornal*』(매일신문)에 격주간으로 열 편의 산문을 기고.

5월 13일 바로 그다음 날 군사혁명으로 전복되는 독재 정부의 수장 피멘타 드 카스트루Pimenta de Castro 장군을 비판하는 팸플릿에 「질서의 선입견O Preconceito da Ordem」을 게재.

6월 23일 제1차 세계대전의 여파 및 스캔들을 일으킨 잡지의 주동자로 낙인찍힌 탓에 일거리가 줄어들면서 심각한 재정난을 겪게 됨. 친구 아르만두 코르테스-로드리게스Armando Côrtes-Rodrigues에게 급히 생활비를 빌리고자 편지를 씀.

6월 말 『오르페우』 2호 발행. 「기울어진 비Chuva Oblíqua」와 「해상 송시Ode Marítima」 등이 게재됨.

7월 6일 알바루 드 캄푸스의 이름으로 『카피타우*A Capital*』지에 보낸 글에서 교통사고로 큰 부상을 입은 정치인 알폰수 코스타에 관해 조롱하는 논조의 내용을 써서 많은 이들(『오르페우』 동인들까지 포함)의 공분을 삼. 이는 결과적으로 『오르페우』의 다음 호 발행에 악영향을 끼침.

9월 헬레나 블라바츠키Helena Blavatsky와 찰스 웹스터 리드비터C. W. Leadbeater 등의 신지학(teosofia) 관련 작품 여섯 편을 번역.

11월 남아공의 프레토리아에 거주하던 어머니, 뇌졸중으로 신체 왼쪽의 일부가 마비됨.

12월 또 다른 이명, '긴 수염의 점성술가' 라파엘 발다야Raphael Baldaya 등장.

1916   3월 자동기술 및 점성술 관련 글쓰기 시작.

4월 26일 마리우 드 사-카르네이루 파리에서 자살.

5월 이사.

9월 이름 'Pessôa'에서 곡절 악센트circumflex를 제거하고 'Pessoa'로 사용하기로 함. 잡지 『우리의 땅Terra Nossa』에 「추수하는 여인A Ceifeira」 기고.

1917 5월 12일 『오르페우』 3호의 콘텐츠를 결정. 그러나 3호는 끝내 발행되지 못함.

5월 12일 시집 『광기 어린 바이올린 연주자The Mad Fiddler』의 원고를 영국의 출판사에 보냄. 6월 6일에 거절 답장을 받음. 두 명의 동업자와 함께 'F. A. Pessoa'라는 상업 거래 중개 회사를 차림.

10월 잡지 『포르투갈 미래파O Portugal Futurista』에 캄푸스의 「최후통첩」을 기고. 『포르투갈 미래파』는 11월에 경찰에 의해 압수 조치당함.

10월 또는 11월 이사.

1918 4월 19일 『오르페우』 동인 산타 리타 핀토르Santa-Rita Pintor 파리에서 자살.

5월 1일 'F. A. Pessoa' 폐업.

7월 영어 시집 『안티누스Antinous』와 『35개의 소네트35 Sonnets』를 자비 출판.

10월 또 다른 『오르페우』 동인 아마데우 드 소자-카르도수Amadeo de Souza-Cardoso가 스페인 독감으로 사망.

10월 13일 리스본 일간지 『시간O Tempo』에 통치 체제로서의 공화국은 실패라는 통념을 반박하는 글 「실패?Falência?」를 기고.

11월 또는 12월 이사.

1919 2월 13일 포르투에서 공화파가 왕정을 타도하면서, 왕정주의자였던 리카르두 레이스가 브라질로 '망명'.

공화국 정부에 비판적인 논조의 우파 기관지 『행동Acção』에 정치평

론을 기고하기 시작.

5~8월(?) 이사

10월 7일 계부가 프레토리아에서 사망.

10~11월(?) 이사

11월 왕래하던 회사(Félix, Valladas & Freitas)에서 오펠리아 케이로스를 만남.

1920   권위 있는 영국 문예지 『아테네움*Athenaeum*』('문예 연구회' 또는 '아테나 신전')에 시 「그동안*Meantime*」을 게재.

3월 1일 오펠리아에게 첫 연애편지를 쓰다.

3월 29일 코엘류 다 로샤 거리 16번지로 마지막 이사. 이곳에서 여생을 보내게 됨.

3월 20일 남아공에 있던 어머니와 이부 형제, 자매들이 리스본으로 귀국.

11월 29일 오펠리아와 편지를 통해 헤어짐.

1921   작은 출판사 겸 에이전시 '울리시푸*Olisipo*' 개업.

10월 19일 울리시푸에서 『영시집 I-II』와 『영시집 III』 및 『오르페우』의 동인이었던 알마다 네그레이로스José de Almada Negreiros의 『맑은 날의 발명*A Invenção do Dia Claro*』을 출판.

1922   5월 리스본 잡지 『동시대*Contemporânea*』에 「무정부주의 은행가O Banqueiro Anarquista」를 기고. 동성애로 물의를 일으키던 안토니우 보투António Botto의 시집 『노래들*Canções*』을 출판.

7월 안토니우 보투를 옹호하는 글 「포르투갈에서의 미학적 이상 Ideal Estético em Portugal」을 『동시대』에 기고.

10월 「포르투갈의 바다Mar Português」를 『동시대』에 기고.

11월 중개 상업을 다루는 회사 'F. N. Pessoa'를 차려 향후 3년간 운영.

1923   1월 프랑스어로 쓴 시 세 편을 『동시대』에 기고.

2월 알바루 드 캄푸스의 「리스본 재방문Lisbon Revisited」(1923)을 『동시대』에 기고.

울리시푸는 라울 레아우Raul Leal의 소품 『신격화된 소돔Sodoma Divinizada』을 출간.

3월 보수적인 학생들의 집단 항의로 정부는 『신격화된 소돔』과 『노래들』을 포함한 '부도덕'한 책들을 금서로 지정. 페소아는 알바루 드 캄푸스의 이름으로 학생들을 비판하고 라울 레아우를 옹호하는 선언문 「도덕이라는 명분의 공지Aviso por Causa da Moral」를 발표.

7월 21일 계부의 삼촌인 엔리케 로사Henrique Rosa와 함께 살게 됨. 엔리케는 전직 군인으로 과학과 문학을 두루 섭렵해 페소아가 세자리우 베르드Cesário Verde, 안테루 드 켄탈Antero de Quental 등 포르투갈 문학에 본격적으로 눈을 뜨게 해줌.

9월 11일 그의 제사(題詞) 다섯 편이 로헬리오 부엔디아Rogelio Buendía에 의해 스페인어로 번역되어 우엘바Huelva의 지역 신문 『라 프로빈시아La Provincia』에 실림.

1924   10월 화가 루이 바스Rui Vaz와 함께 잡지 『아테나Athena』를 창간. 아방가르드적 실험 이후 '질서로의 귀환'을 표방한 이 잡지는 리카르두 레이스와 알베르투 카에이루가 활약하기에 적절한 지면이었음. 창간호에는 그때까지 대중들에게는 알려지지 않았던 레이스의 송시 스무 편을 게재함. 알바루 드 캄푸스도 에세이 「비-아리스토텔레스적 미학을 위한 단상Apontamentos para uma Estética não-Aristotélica」을 기고했고, 알마다 네그리이로스와 안토니우 보투도 잡지에 참여.

12월 『아테나』 2호 발행. 마리우 드 사-카르네이루가 마지막으로 남긴 시들과 형이상학에 관해 페소아와 의견을 달리하는 알바루 드 캄푸스의 글 등이 실림.

1925	1월(또는 2월) 『아테나』 3호 발행. 본명으로 서명된 시 열여섯 편과 엔리케 로사의 시 세 편을 기고.

<table>
<tr><td>1925</td><td>

1월(또는 2월) 『아테나』 3호 발행. 본명으로 서명된 시 열여섯 편과 엔리케 로사의 시 세 편을 기고.

3월 17일 어머니 사망.

3월 『아테나』 4호 발행. 사후에 출간될 시집 『양치는 목동*O Guardador de Rebanbos*』 중 23편의 시를 실어 알베르투 카에이루의 존재를 대중에게 첫 공개.

6월 『아테나』 5호 발행. 사후에 출간될 카에이루의 『엮이지 않은 시집*Poemas Inconjunctos*』 중 열여섯 편의 시를 기고.

8~12월 내서니얼 호손의 『주홍 글자』를 포르투갈어로 번역.

10월 27일 '종합 연감*Anuário Sintético*'의 발명에 대한 특허권 신청.

</td></tr>
<tr><td>1926</td><td>

1월 1일 『주홍 글자』의 1회분이 잡지 『일루스트라상*Ilustração*』(일러스트레이션)에 실림. 당시 관례대로 번역자의 이름은 표기되지 않음.

6월 매제인 프란시스쿠 카에타누 디아스*Francisco Caetano Dias*와 함께 『비즈니스와 회계 잡지*Revista de Comércio e Contabilidade*』를 창간. 이 잡지에서 페소아는 사업이나 정치 및 시사 이슈에 관한 글을 기고함.

7월 알바루 드 캄푸스의 「리스본 재방문*Lisbon Revisited*」(1926)을 『동시대』에 기고.

10월 30일 안나 캐서린 그린*Anna Katherine Green*의 추리소설 『레번워스 사건: 변호사의 이야기*The Leavenworth Case: A Lawyer's Story*』를 신문 『소우*Sol*』(태양)에 번역 연재하기 시작. 같은 해 12월 1일에 신문이 종간하기까지 소설의 약 3분의 1 분량이 연재됨.

</td></tr>
<tr><td>1927</td><td>

6월 4일 본명으로 서명한 시와 알바루 드 캄푸스의 산문을 『암비엔트*Ambiente*』(주위)에 기고하는 것을 시작으로, 3개월 전 코임브라에서 창간된 잡지 『프레젠사*Presença*』(존재)와의 향후 긴밀한 공동 작업이 시작됨.

</td></tr>
</table>

7월 18일 리카르두 레이스의 송시 세 편을 『프레젠사』에 기고.

1928   1월 26일 『프레젠사』의 공동 창립자이자 소설가, 시인이며, 1년 전 페소아의 문학사적 중요성에 대해 처음으로 언급한 글을 쓴 주제 레지우José Régio에게 첫 편지를 씀.

3월 「정권 공백 기간: 포르투갈 군사독재의 옹호 및 정당성O Inter-regno: Defesa e Justificação da Ditadura Militar em Portugal」을 기고. 알바루 드 캄푸스의 「아포스틸라Apostila」〔난외주석(欄外註釋)〕를 『노티시아스 일루스트라두O Notícias Ilustrado』에 게재.

8월, 바롱 드 테이브Barão de Teive의 첫 등장.

1929   4~6월(?) 1913년 이후 16년간 언급 없던 『불안의 책』으로 출간될 글 열한 편이 리스본 잡지 『레비스타A Revista』(리뷰)에 1929~32년 사이 게재됨. '준–이명' 베르나르두 수아레스의 이름으로 귀속됨.

6월 26일 페소아의 작품 세계를 정식으로 연구한 첫번째 비평문을 낸 『프레젠사』의 공동 편집인 주앙 가스파르 시몽이스João Gaspar Simões에게 감사 편지를 씀.

9월 9일 오펠리아가 그녀의 사촌이자 페소아의 친구인 카를로스 케이로스Carlos Queiroz를 통해 페소아의 사진을 보게 됨. 그녀는 사진을 달라고 부탁했고, 사촌을 통해 전달 받은 것에 대해 감사하는 내용의 편지를 써서 페소아에게 보냄.

9월 11일 페소아가 답장을 하면서 오펠리아와의 서신 교환 재개.

12월 4일 신비주의 마술가로 명성을 날리던 앨리스터 크로울리Aleister Crowley의 책을 출판한 출판사에 출생 천궁도 부분의 오류를 지적. 크로울리 본인도 이 부분을 알게 되면서 둘의 서신 교환이 시작됨.

1930   1월 11일 오펠리아에게 보낸 마지막 편지. 그녀는 그 후에도 몇 해 동안 편지를 보내오고(1931년 3월 29일까지), 둘은 가끔 전화 통화

를 하거나 만나기도 함. 오펠리아는 몇 해 후에 다른 사람과 결혼
을 하고, 1991년에 사망함.

6월 13일 알바루 드 캄푸스의 「생일Aniversário」을 쓰고, 캄푸스의
'생일'에 맞춰 10월 15일로 서명한 후 『프레젠사』에 기고.

7월 23일 알베르투 카에이루의 『사랑의 목동』 중 날짜가 기록된
두 편의 시를 씀.

9월 2일 앨리스터 크로울리가 영국에서 리스본에 도착, 페소아와
만남.

9월 23일 크로울리가 가짜 자살 소동을 일으키도록 도움. 주요 일
간지에 대대적으로 보도됨. 이 사건을 소재로 페소아는 미완성 추
리소설 「지옥의 입Boca do inferno」을 씀. 이는 '자살' 장소로 설정된
리스본 근교의 절벽 이름임.

1931   2월 『양치는 목동』으로 출간될 시 여덟 편과 알바루 드 캄푸스의
「내 스승 카에이루를 기억하는 노트들Notas para a Recordação do Meu
Mestre Caeiro」 다섯 편을 『프레젠사』에 게재함.

6월 이명 3인방의 이름 및 본명으로 서명한 시들을 『프레젠사』에
기고.

12월 본인이 번역한 크로울리의 시 「판Pan에의 찬가」를 『프레젠
사』에 기고.

1932   페소아가 서문을 쓴 러시아 시인 엘리에제르 카메네스키Eliezer
Kamenezky의 시집 『방황하는 영혼』이 출간됨.

9월 16일 리스본 근교(Cascais)의 박물관 – 도서관의 사서(관리)직
에 지원하나 실패.

11월 시 「아우토프시코그라피아Autopsicografia」 게재(이 시는 1931년
4월 1일에 쓴 것임).

1933   심각한 우울증세를 겪지만 많은 시와 산문을 쓴다(「제5제국Quinto

Império」과 '세바스티앙주의'와 관련된 글들 포함).

1월 그의 시 다섯 편이 피에르 호케드Pierre Hourcade에 의해 프랑스어로 번역되어 마르세유 잡지 『카이에 뒤 쉬드』에 게재됨.

3~4월 마리우 드 사-카르네이루의 미발표 유작들을 편집한 『금의 흔적Indícios de Ouro』을 준비함(출간은 1937년에 이뤄짐).

7월 1928년 1월 15일에 쓴 알바루 드 캄푸스의 시 「담뱃가게Tabacaria」를 『프레젠사』에 게재.

1934   시 「에로스와 영혼Eros and Psique」을 『프레젠사』에 게재.

7월 11일 4행시를 쓰기 시작함. 8월까지 350편 이상을 완성.

12월 1일 생전에 포르투갈어로 출간된 유일한 책인 시집 『메시지Mensagem』 출간. 국가공보처 문학상 2등상 수상(주최 측이 요구한 최소 분량 100페이지를 채우지 못함).

1935   1월 13일 아돌푸 카사이스 몬테이루에게 이명의 기원에 관한 유명한 편지를 씀.

2월 4일 『일간 리스본Diário de Lisboa』에 프리메이슨을 비롯한 '비밀결사'를 금지하는 법안에 격렬히 반대하는 글을 기고.

2월 21일 독재자 살라자르Antonio de Oliveira Salazar가 직접 참석해 연설을 한 국가공보처 문학상 시상식에 불참.

3월 16일 살라자르 정권과 '신 국가/신 정국'(Estado Novo)에 반대하는 여러 시중 첫번째 「자유Liberdade」를 씀.

6월 13일 그의 생일에 오펠리아로부터 안부 전보가 옴.

10월 21일 알바르 드 캄푸스의 마지막 시 「모든 연애시는/터무니없다Todas as cartas de amor são/Ridículas」를 씀.

11월 13일 리카르두 레이스의 마지막 시 「우리 안에는 셀 수 없는 것들이 산다Vivem em nós inúmeros」를 씀.

11월 19일 포르투갈어로 남긴 마지막 시 「"병 보다 지독한 병이 있다Há doenças piores que as doenças"」를 씀. 마지막 연: "포도주나 한 잔 더 주게, 인생은 아무것도 아니니."

11월 22일 영어로 쓴 마지막 시 「기쁜 태양이 빛난다The happy sun is shining」를 씀.

11월 29일 고열과 심한 복통을 느끼고 리스본의 프랑스 병원에 입원. 그곳에서 마지막 글귀를 씀. "내일이 무엇을 가져올지 나는 모른다(I know not what tomorrow will bring)."

11월 30일 그의 사촌이자 의사인 쟈이므Jaime와 두 친구의 입회 아래 저녁 8시경 사망.

12월 2일 소수의 조문객들에게 『오르페우』의 일원이었던 루이스 드 몬탈보가 짧은 연설문을 낭송하는 가운데 프라제레스 공동묘지에 묻힘.

'대산세계문학총서'를 펴내며

2010년 12월 대산세계문학총서는 100권의 발간 권수를 기록하게 되었습니다. 대산세계문학총서의 발간은 앞으로도 계속될 것이고, 따라서 100이라는 숫자는 완결이 아니라 연결의 의미를 지니는 것이지만, 그 상징성을 깊이 음미하면서 발전적 전환을 모색해야 하는 계기가 된 것은 분명합니다.

대산세계문학총서를 처음 시작할 때의 기본적인 정신과 목표는 종래의 세계문학전집의 낡은 틀을 깨고 우리의 주체적인 관점과 능력을 바탕으로 세계문학의 외연을 넓힌다는 것, 이를 통해 세계문학을 바라보는 우리의 시각을 진환하고 이해를 깊이 헤니갈 수 있도록 한다는 것이었다고 간추려 말할 수 있습니다. 그리고 궁극적으로는 우리의 인문학을 지속적으로 발전시켜나갈 수 있는 동력이 될 수 있기를 희망하는 것이었습니다. 이러한 기본 정신은 앞으로도 조금도 흩트리지 않고 지켜나갈 것입니다.

이 같은 정신을 토대로 대산세계문학총서는 새로운 변화의 물결 또한 외면하지 않고 적극 대응하고자 합니다. 세계화라는 바깥으로부터의 충격과 대한민국의 성장에 힘입은 주체적 위상 강화는 문화나 문학의 분야에서도 많은 성찰과 이를 바탕으로 한 발상의 전환을 요구하고 있습니다. 이제 세계문학이란 더 이상 일방적인 학습과 수용의 대상이 아니라 동등한 대화와 교류의 상대입니다. 이런 점에서 대산세계문학총서가 새롭게 표방하고자 하는 개방성과 대화성은 수동적 수용이 아니라 보다 높은 수준의 문화적 주체성 수립을 지향하는 것이며, 이것이 궁극적으로 한국문학과 문화의 세계화에 이바지하게 되리라고 믿습니다.

또한 안팎에서 밀려오는 변화의 물결에 감춰진 위험에 대해서도 우리는 주의를 게을리하지 말아야 할 것입니다. 표면적인 풍요와 번영의 이면에는 여전히, 아니 이제까지보다 더 위협적인 인간 정신의 황폐화라는 그늘이 짙게 드리워져 있는 것이 사실입니다. 대산세계문학총서는 이에 대항하는 정신의 마르지 않는 샘이 되고자 합니다.

'대산세계문학총서' 기획위원회

대 산 세 계 문 학 총 서